血腐れ

矢樹純著

新潮社版

11965

目次

血《ち》腐《ぐさ》れ

魂 ⟨たまえやみ⟩
疫

一

必死に力を尽くしたところで、どうにもならないことはある。

一年前、大腸がんで闘病の末に亡《な》くなった夫を看取《みと》った時に学んだことだ。

農協に勤めていた頃は組合の負担で人間ドックを受けられたが、定年退職後は費用の安い保健所の健康診断を年に一回受けるだけとなっていた。申し込めばがん検診も追加できたのに、何年かに一度しか受けていなかったことが悔やまれる。血便の症状が現れて受診した時には、すでにリンパ節に転移していた。

まだ七十歳を過ぎたばかりだった。田舎のことで通える範囲には大きな病院がなく、車で一時間以上の距離にある市の総合病院に入院した。がん診療の専門医が揃《そろ》っているという評判を聞いて決めた病院だったが、手術後に肝臓にも転移があることが分かった。

抗がん剤治療に加え、最先端だという薬物療法を施されたが効果は薄かった。お酒と美味《おい》しいものが好きで、丸顔でぽっちゃりした体型だった夫が、この頃には骨が浮き出るほど痩《や》せてしまっていた。

夫の希望で自宅へ戻ったのちは、免疫《めんえき》力を高めるという漢方薬から民間療法まで試した。働いていた特養ホームに休職願いを出し、自分にできることはなんでもやった。夫が一日でも長く生きながらえてくれればと、それしか考えていなかった。

けれどその年の七夕の夜、介護用ベッドからかろうじて見える薄曇りの夜空を見上げるうち、夫は眠ったように目を閉じたまま、返事をしなくなった。一晩をかけてゆっくりと呼吸が浅くなっていき、翌朝、訪問医が死亡の確認をした。診断を受けてから、わずか九か月後のことだった。

二十四歳で見合い結婚をしてから三十七年。穏やかな性格で、また十歳近く年が上だったこともあって、夫とはあまり大きな喧嘩《けんか》をしたことはなかった。結婚して三年目に娘が生まれ、短大を卒業するまで夫婦共働きで育て上げた。東京で就職した娘は同僚の男性と結婚し、現在は都内のマンションで暮らしている。

子供も独立し、二人で国内のあちこちを旅行して回ろうと話し合っていた。それからは年に一度、北海道、長野、沖縄と、贅沢《ぜいたく》な旅ではないが夫と一緒にその土地の美味しいものを食べ、知らない街を歩くのを楽しみにしてきた。

カメラが唯一《ゆいいつ》の趣味で、旅行の際にはいつも、年金をやりくりして購入したミラーレス一眼のカメラを持ってきた。液晶モニターよりも慣れているからと片目をつむってファインダーを覗《のぞ》く、いつになく精悍《せいかん》に感じられる横顔を見るのが好きだった。ラベンダー畑、真っ白な砂浜とその向こうに広がる明るい海と、年を重ねるごとに新しい写真の額が増えていった。

「手ブレ防止機能が付いているから、君にだって上手《うま》く撮れるよ」

使い方を教えながら、時々は私にもカメラを触らせてくれた。そうして松本城を背景に夫を撮った写真を引き伸ばしたものが、遺影となった。旦那《だんな》さんらしい、とてもいい笑顔に撮れているね、と、みんなが褒めてくれた。

人生の半分以上をともに生きてきた夫を失って以来、私は何に対しても、抗《あらが》うことをしなくなった。理不尽や悲しみを感じることはある。だがどうしても、立ち向かう力が湧《わ》いてこないのだ。

だから夫の一周忌の法要のあと、際限なくビールをお代わりしながら居座り続ける五歳上の義理の妹の勝子《かつこ》に、帰ってほしいと言えなかった。

「芳枝《よしえ》さん、片づけなんていいから。座って一緒に飲みましょうよ」

最後まで勝子に付き合っていた夫の従兄《いとこ》が帰ってしまうと、話し相手がいなくなった勝子は台所で洗い物をしていた私を呼びつけた。参列したのは身内だけで、そう広くもない自宅で執り行ったため、僧侶《そうりょ》が帰ったあとに御斎《おとき》に残ったのはほんの数人だった。

「寂しい一周忌だったわねえ、兄さん。孫にも会えないなんて」

夫の遺影に語りかけながら、手酌でグラスにビールを注ぐ。東京に暮らす娘は二か月前に二人目の男の子を出産したばかりで、無理に来なくていいと私が言ったのだ。

黒い唐木の座卓の向かいに座ると、勝子に倣《なら》って隣の和室に設《しつら》えた祭壇に目をやった。仏壇の脇《わき》に置いた盆棚に白布をかけ、遺影と供物《くもつ》と花を飾っただけの簡素なものだ。

「お義兄《にい》さんも、来られなくて残念だったわね。四十九日の時は車椅子《くるまいす》で来てくれたけれど、この頃は体調を悪くされてるの？」

勝子の嫌味を聞き流し、今日の法要に参列できなかった義兄のことを尋ねた。夫は三歳上の兄と、四歳下の妹の勝子に挟まれた、三人兄妹の次男だった。夫の父は六十代のうちに胃がんで亡くなり、遺された義母も数年前に他界していた。

「晶代《まさよ》さんの話だと、ほとんど布団《ふとん》から出ずに過ごしてるみたい。あんな大きな家に住んでいて、もったいないわよね。ああなるともう、長くはないかもよ」

夫の兄は地元の有名企業に定年まで勤め、市の郊外に広い庭のある立派な家を建てて夫婦で暮らしていた。だが二年前に脳梗塞《のうこうそく》を患い、後遺症で左半身麻痺《まひ》となった。二人いる息子は県外に住んでおり、妻の晶代が一人で面倒を見ている。

「うちの家系、男は短命なのかもね。芳枝さんとこも、孫は二人とも男の子でしょう。大丈夫かしら」

そう言って勝子は何がおかしいのか、ひひっと妙に甲高い、調子外れな声を立てて笑った。落ちくぼんだ小さな目が細められ、目尻《めじり》に砂紋のような皺《しわ》が寄る。勝子は節の目立つ骨張った手を伸ばすと、仕出しの御膳《ごぜん》に残っていたわらび餅《もち》を箸《はし》を使わずにつまんだ。

一口で頬張ると、きな粉のついた指先と、ぼってりと厚い唇を白っぽい舌で舐《な》める。そうしてグラスのビールを飲み干したところで、前から聞きたかったんだけどさ、と唐突に尋ねてきた。

「芳枝さんって、霊とか見える人？」

自分より五つも上の勝子が、このような幼稚な話をすることに最初は戸惑った。だが法事や年始の挨拶《あいさつ》で顔を合わせるたびに嬉々《きき》として気味の悪い話を聞かせてくるのにも、すでに慣れていた。勝子はいい年をして、幽霊だのお化けだのといった怖い話が好きなのだった。

「兄さんが亡くなってから、今はまた老人ホームで働いてるんでしょう。年寄りばかりだし、しょっちゅう人が死んでいるんじゃない。何か怖いもの、見たことないの？」

自分の職場をそんなふうに言われて不愉快だったが、顔に出さないように堪えて首を横に振る。

「私はそういうの、生まれてから一度も見たことないの」

答えると、勝子は気の毒そうに眉《まゆ》を寄せ、やっぱりね、とつぶやいた。なぜそんな顔をされなくてはいけないのか。それがどうかしたのと逆に尋ねた私に、勝子は身を乗り出し、大切な秘密を打ち明けるようにささやいた。

「実はね、兄さんの霊が、私のところに出てくるの」

酒臭い息が鼻にかかり、思わず身を引いた。すぐには言葉が出ず、座卓の上に視線をさまよわせる。誰かのグラスの跡と思《おぼ》しき水滴の輪を布巾《ふきん》で拭《ぬぐ》うと、そうなの、とだけ答えて勝子の顔を見返した。

《兄さんの霊》——夫の霊を見たという勝子は、得意げに鼻の穴を膨らませている。そして「おかげで今日も寝不足なのよ」と、わざとらしくため息をついた。

「最初に見たのは、兄さんが死んで半年くらいの頃ね。夜中になんだか寝苦しくて目が覚めちゃって、そうしたら部屋の中で、畳を擦るような音がしたの。その時は、ミイだと思ったんだけど」

　勝子が今住んでいるのは元々は夫の実家だった古い一軒家で、ミイという白い猫を飼っていた。勝子は四十代半ばで離婚しており、子供もいなかった。それで十年前、義母がグループホームに入所するタイミングで、当時アパートで一人暮らしをしていた勝子が移り住んだのだ。

「音のする方を向いたらね、ミイじゃなかった。もっと大きい影。誰かが四つん這《ば》いで、こっちに向かってくるの。うつむいていて顔は見えないけど、白い着物を着ていて、髪の毛が抜けちゃってたから、ああ、兄さんだって分かった。それで兄さんは私の枕元《まくらもと》まで這《は》ってきて、冷たい手で私の顔に触れたのよ」

　その時のことを思い返すように、勝子が自分の頬を撫《な》でる。厚くファンデーションが塗られた肌は、蛍光灯の光の下で、どこか作り物のように見えた。

「そこで私は気を失っちゃって、気づいたら朝だったの。次に見たのは、その二か月後くらいかな」

再び夜中に目が覚め、気配を感じてそちらを向くと、また白い着物を着た夫が這ってきて、勝子の顔に触れたのだという。

「兄さん、どうしたのって、声をかけたの。そうしたら、指で私の唇をなぞって、でもそのまま消えちゃった」

勝子が言うには、夫の幽霊が寝室に現れる頻度が徐々に増えていき、近頃は週に一回は勝子のもとにやってくるのだそうだ。

「なんだか伝えたいことがあるみたいに、やたらと唇に触ってくるの。だけど兄さんが何を言いたいのか分からなくて。芳枝さん、心当たりない？」

さあ、と首を傾げたが、私は内心では、ある確信を抱いていた。

その夜、八時近くになってようやく勝子が帰ったあと、義兄の嫁の晶代に電話をした。無事に一周忌の法要を終えたことを報告し、香典とお供えのお菓子を送ってもらったお礼を述べた。そして、「勝子さんのことで、気になることがあって」と切り出した。

「勝子さん、もしかして認知症じゃないでしょうか。亡くなったうちの人が、幽霊になって出てくるっていうんです。それが最近、しょっちゅうなんだと言っていて——

でも私、この話を聞くの、ここ一か月でもう四度目なんですよ」

仕事柄、そうした相手の言動の変化には気づきやすかった。勝子は毎週のように電話をかけてきて、同じ話を繰り返した。受話器の向こうで、晶代がため息をついたのが分かった。

「ごめんなさいね。芳枝さんにも相談しなきゃと思いながら、なかなか決心がつかなくて——実は勝子さん、つい先週小火《ぼや》を起こしたの。お料理をしている途中でお醤油《しょうゆ》がないのに気づいて買いに出たら、怖い女の人が道に立っていて、その人に邪魔されて家に帰れなかった、なんて言うのよ。話すこともなんだかおかしいし、やっぱり一度、病院で診てもらった方がいいわよね」

二

晶代は義兄の介護で動くことができないため、勝子の診察には私が付き添った。精神科に連れて行くとなると抵抗されそうだったので、市立病院の脳神経外科を受診させた。

「六十五歳を過ぎたら、一度受けておいた方が安心ですよ」

若い男性医師にそう説明してもらうと、勝子は素直に記憶と認知機能の検査を受けた。その後、再検査の必要があると言われて画像検査などの精密検査を受け、軽度認知障害と診断された。

「今の状態なら、投薬を始めて定期的に通院してくだされば、ご自宅で一人で生活することも可能だと思います。ともあれ、何日かに一度は家族の方に見に行っていただいた方が良いでしょうね」

必然的に、私が週に二日ほど、勝子の家に通うことになった。勝子の暮らす家は、私の自宅からは車で三十分ほどの距離にある。大変ではあるが、幸い職場と方向が同じなので、仕事の帰りに寄ることができた。毎週、水曜日と土曜日に顔を出すと決めて、勝子の家を訪問した。

認知症の診断を受けてから、勝子は仕事を辞め、年金と義兄からの援助で暮らすようになった。晶代は私一人に勝子の世話をさせることを詫《わ》び、金銭的な援助の他にも食材を送ってくれたり、時々は自身も顔を出してくれたりと、何かと気をつかってくれた。勝子も私に面倒をかけているという自覚からか、以前よりも遠慮がちになり、週に二度の訪問は慣れればそれほど負担ではなくなっていた。

だが、どうしても受け入れられなかったことがある。それは勝子の家の不潔さだった。

勝子の住む二階建ての家屋は十五年以上も前に外壁と屋根の補修をしたきりで、元々赤かった屋根は色褪《あ》せ、縁の部分が苔《こけ》で黒ずんでいた。クリーム色の外壁はひび割れが目立ち、窓の下には汚れとカビが雨垂れの筋を作っていた。

玄関前の敷石にはいつも砂が溜《た》まってざらついていて、歩くと耳障《ざわ》りな音を立てるし、靴の中に入り込むこともあった。狭くて日当たりの悪い庭では、まったく手入れをしていない枇杷《びわ》の木が実を腐らせている。その下の地面を覆《おお》うドクダミの白い花が、独特の鼻をつく臭《にお》いを漂わせていた。

インターホンはかなり以前から壊れたままとなっており、何度かノックをして声をかけた上で、結局は渡されている合鍵《あいかぎ》で入るのが常だった。玄関を上がるとすぐ左手が仏間、その隣が居間と台所となっている。廊下を挟んだ仏間の向かいが客間で、その奥にトイレと洗面所と風呂場が続いた。階段を昇った二階には元は子供部屋だった六畳の洋室が三つあったが、それらの部屋と一階のほとんどのスペースが、勝子の荷物で埋められていた。

勝子は昔から、物を捨てられない性質だったようだ。若い頃に買ってもう着られなくなった服や壊れた鞄《かばん》、大量の本や雑誌やゲームセンターの景品のぬいぐるみといった品々が仕舞い切れず、室内に山積みとなっていた。

その上、勝子は通信販売が大好きで、健康食品や健康器具、化粧品、洗剤、サプリメントなど、テレビや広告で見て気になったものや人から勧められたものを買い込んでいた。私と夫のところへも、これは体に良いだとか、肌がきれいになるなどと言って、何かと勧めにきていた。

夫の闘病中に、がんが消えるという漢方薬を持ってきたこともあった。

「これはね、天然のワクチンなの。体に優しいし、免疫力がつくから飲んだらいいわ。私もミイも、毎日飲んでるんだから」

今思えば相当怪しげな代物《しろもの》だったが、あの頃の私は日に日に衰弱していく夫の介護で疲弊し、物事を深く考えられなくなっていた。勝子に言われるままに、不純物のような茶色い粒の混ざった黄色の粉薬を夫に飲ませ続けたのだった。

そんなふうだったので、勝子の家の廊下には部屋に入り切らない段ボール箱があふれ、埃《ほこり》を被《かぶ》っていた。仏間と客間だけは晶代が注意してくれたこともあっていくぶん片づいていたが、勝子が普段過ごす居間も、壁際《ぎわ》には段ボール箱が積まれていた。何が入っているものか、黒くて甘い匂《にお》いのする汁が染《し》みているものもあった。勝子は段ボール箱を収納代わりに使っているらしく、お茶菓子や猫の餌《えさ》、よく着る服や病院の薬などを、それらの中に無造作に放り込んでいた。

居間の中央には、こたつが年中出しっぱなしになっていた。

「近頃は熱中症にならないように、エアコンをつけなきゃいけないでしょう。部屋が冷えすぎるから、こたつはミイの避難場所なの。暑いんじゃないかと思ったけど、逆にここはいつもちょうどいい温度なのよね。猫って、本能で分かるのよ。自分の身を守る方法が」

元々野良猫として庭先に入り込んでいたのを、ミイと名付けたものらしかった。勝子はミイを可愛《かわい》がるわりにはミイの健康を保つことに頓着《とんちゃく》せず、人間の食べるものを平気で与えたし、外で喧嘩をして怪我《けが》をしてきても、病院に連れて行くこともしなかった。それほど生活に余裕があるわけではないので、単にお金がかかることが嫌だったのかもしれない。なんだか可哀想《かわいそう》で、それほど動物好きではないのだが、ミイへの手土産として猫用の餌やおやつを持っていくようにした。ミイは特にチューブに入ったペーストタイプのおやつが気に入ったようで、私が来ると足にまとわりついてくるようになった。

仕事を終えたあと、スーパーに寄って二人分の夕飯の食材と猫の餌などを買い込んで勝子の家に向かい、一緒に台所に立つというのがいつもの流れだった。

「芳枝さん、もったいないことするのねえ。人参は皮を剝《む》かない方が美味しくて栄養があるのよ」

　掃除や片づけは苦手だが料理好きな勝子は私にあれこれ教えるのが楽しいらしく、時々ぼんやりして味つけを忘れるなどの失敗をしながらも、筑前煮やサバの味噌煮、本格的な香辛料を使った麻婆豆腐といった、色んな料理を作ってくれた。

「私ね、子供の頃にしょっちゅう、金縛りにあってたの」

　夕飯の後片づけを終え、お茶の時間になると、勝子は大抵そんな話を始めた。

「体の上に誰かが乗ってて、押さえつけられたみたいに息ができなくなるの。隣で寝ている母親に助けてって言おうとするんだけど、声が出なくて。目を閉じているはずなのに、胸の上にお地蔵さんの顔が見えて、そのお地蔵さんの唇が、石なのに、何か言おうとしているみたいにモゴモゴ動いてるのよ」

　また始まったと内心顔をしかめながらも、怖いわね、と相槌《あいづち》を打つ。勝子が何かを見たという話は大体が布団の中の寝入りばなのことで、おそらく夢と現実を混同しているのだと思われた。その上、思考が散漫になるせいか、話が途中であっちこっちに飛んでしまう。それに付き合わされるのは面倒ではあったが、そうして過去の体験を語ることが脳への刺激となり、認知症の進行を防ぐのに役立つと思えば我慢できた。

「祖母も私と同じ、見える人でね、寝る前によく色んな話をしてくれたのよ」

言いながら、勝子は懐《なつ》かしそうな顔で隣の仏間に目をやる。私が嫁いできた時には
すでに亡くなっていたが、鴨居《かもい》にかけられた遺影の義祖母は、勝子によく似ていた。

「亡くなった友達が家に訪ねてくる話とか、若い頃に列車に飛び込む人を見たって話とか、どれも凄《すご》く怖かったわ。あと、死んだ人の顔が変わってしまう話とか」

勝子は私が訪れるたびに自分が何かを見たという体験談や、祖母から教わったという怪談を聞かせてくるのだが、あまりまともに聞いていなかったので、内容はよく覚えていない。ただ死人の顔が変わるという話は、妙に気味が悪くて記憶に残っていた。

「魂に障《さわ》りが起こると、そうなるんだって。障りが出た魂を鬼が引っ張っていくから、そのせいで顔が変わるらしいの。私も芳枝さんも、気をつけなきゃね」

話の前半を聞き逃したのか、いつものように話が飛んだのか、その時にどうして勝子が忠告するようなことを言ったのかが分からなかった。魂に障りが起こるとは、どういうことなのか。少し気にはなったが、わざわざ意味を聞こうとは思わなかった。

そうして夕飯のあとにしばらく話をして、夜の八時頃には勝子が風呂に入るので、火の元を確認して帰るようにしていた。不潔で散らかり放題の家に通わなければならないのはストレスではある。だが夫を亡くしてからずっと一人で食事をし、仕事以外

ではほとんど誰とも話さない日々が続いていた私には、この生活の変化は実のところ、ありがたい面もあった。

三

勝子宅を訪問するようになって二か月が過ぎた頃だった。九月に入り、残暑が続いていたところに急に冷え込みがきて、なんとなく関節が痛むと思ったら翌日に熱が出てしまった。病院で検査を受け、インフルエンザなどではなかったが扁桃腺《へんとうせん》が真っ赤になっていると言われた。やむなく勝子に電話し、しばらく家に行けないと伝えた。

「そうね。確かにうつされても困るし、私の方は一人でも大丈夫だから」

あっけらかんと言いながらも、「もしあんまり具合が悪いようだったら、様子見に行くから電話ちょうだいね」と少しだけ心配そうに言い添えた。手を焼くことの多い小姑《こじゅうと》であっても、いざという時に頼れる相手がいると思うと心強かった。

翌朝になっても熱は下がらず、病院の帰りに買った栄養補助ゼリーだけを口にして寝込んでいた。すると昼過ぎになって、突然インターホンがなった。モニターを覗くと、勝子が立っている。寝巻きの上にカーディガンを羽織り、マスクをして玄関先に出た。

「どうしたの？　うつしちゃ良くないからって言ったじゃない」

「あら、そうだった？　熱を出したって言ってたから、看病してあげなくちゃと思って、色々買ってきたのよ」

手には食料品らしきものが詰まったエコバッグを下げている。昨日話したことは忘れているようだった。

「いつもお世話になってるんだし、これくらいはさせてちょうだいよ。芳枝さんはゆっくり寝ていていいから」

気持ちだけで充分だからと断ったのだが、勝子は強引に上がり込むと、換気をしなきゃと窓を開けたり、風邪に効くお茶を飲ませてあげるとお湯を沸かし始めたりで、ゆっくり寝ているどころではなくなってしまった。それでも少しでも休もうと、勝子がおかゆを炊《た》いてくれている間、二階の寝室で眠ることにした。忙《せわ》しなく歩き回る足音や物音に耳を塞《ふさ》ぎ、頭痛に耐えながら、ようやくうとうとしかけた時、ノックもなくドアが開けられた。

「芳枝さん、ちょっといい？　忘れないうちに、伝えておきたいことがあって」

いつになく緊迫した顔で言うと、ずかずかと寝室に入ってくる。ため息をつきながらも体を起こすと、勝子はいまだ置かれたままとなっている、隣の夫のベッドに腰を下ろした。

「昨日ね、兄さんが来たの」

具合の悪い時に、またその話かと、こめかみを押さえる。勝子は私の様子など気にしていないふうで、早口で先を続けた。

「どうしよう。兄さんの顔、見ちゃったの。私、とんでもないことをしてしまった。あの薬が悪かったのよ。おばあちゃんも言ってたもの。人の体を使ったものは、良くないって。どんな人だか、分からないから」

いったい、彼女は何を言っているのか。頭痛が酷《ひど》くなってきた。

「ねえ、落ち着いて。なんの話をしているの」

「ずっと飲んでいた、あの薬のこと。あれのせいで、兄さんの魂に障りが起きてしまったの。顔があんなふうに変わっていたんだもの。私も、ミイも、もう駄目だわ。ごめんね。でも、飲めばきっと兄さんの病気も良くなると思ったから」

その薬とは、がんが消えると言って持ってきた、あの漢方薬のことだろうか。茶色い何かの粒が混ざった黄色い粉の薬。一包ずつ薄手の紙でくるまれていた。

思い起こしながら、先ほど勝子が放った言葉が気になり始めた。

「人の体を使ったって、どういう意味？」

尋ねると、答えるのをためらう素振りで顔を伏せた。ややあって、観念したように口を開く。

「——あれね、材料は、人の胎盤なの」

胃の底から何かがせり上がってきて、口元を覆う。酸《す》っぱい唾液《だえき》を飲み下しながら、強くまぶたを閉じた。

「人間の胎盤を使った薬は、珍しくないのよ。化粧品とか、料理にだってなるんだから。でもいい加減なメーカーだと、変なものを使っていることがあって、私が取り寄せてた会社も問題になったの。出産の時に、死んだ母子の胎盤を使ったとか」

締めつけるように痛む頭に、勝子が弁明する声が響く。そんなものを私は、夫に飲ませていたのか。がんが消えると信じて。

あの頃、私は当たり前の判断ができなかった。勝子に勧められた薬だけではない。他にもがんに効くと謳《うた》った食事療法やら民間療法に片っ端から手を出した。自分が取り返しのつかないことをしたのだと気づいたのは、夫が亡くなってからだった。退院して自宅に戻ったあと、夫は本当ならば、穏やかに最後の時間を過ごしたかったのに違いない。なのに私はなんの効果もないものを——ともすると体に悪影響があるかもしれないものを夫に食べさせたり、飲ませたりといったことに力を尽くし、二人で過ごすことのできた大切な日々を台無しにした。挙げ句に死人の胎盤などという気味の悪いものを口にさせていたのだ。

本当にごめんなさい、と、絞り出すような声がして、我に返る。勝子は夫のベッドに腰掛けたまま、憔悴《しょうすい》したようにうなだれていた。

「いいのよ。勝子さんは、その時は良いものだと思って勧めてくれたんでしょう」

責められるべきは勝子ではない。自分を見失っていた私の方だった。夫の幽霊が現れたとか、その顔が変わっていたというのは、ただの夢か、認知症による幻視の症状だろう。そんな薬だったと知って気分は悪いが、勝子がそこまで罪悪感を抱く必要はない。魂に障りが起こるとかいう話も信じてはいなかった。どうか気にしないでと、声をかけようとした時だった。

「勝子さん。どうしたの、その手」

夫のベッドに置かれた勝子の手が、煤《すす》のようなもので黒く汚れているのに気づいた。生成りのベッドカバーに擦れたように黒い跡がついている。

「ああ、これ——そうだ。それも言わなきゃと思ったんだけど、忘れてた。おかゆの鍋《なべ》、焦《こ》がしちゃったの。洗うのに一苦労だったわ」

そう言って勝子は、ひひっと例のかん高い声で笑った。

「それで、兄さんの話の続きなんだけど、昨日は兄さん、いつもみたいに唇に触るだけじゃなかったの。私の口を開けさせて、冷たくて細い指を入れてきた。いったい何がしたかったのかしら。ねえ、兄さんは何を言いたいんだと思う？」

頬を上気させながら、勝子が急《せ》くように尋ねる。その瞳《ひとみ》はきらきらと異様な輝きを帯びていた。再び吐き気が込み上げてくる。

思考があちこちに飛ぶのか、勝子は今話していたことなど忘れたふうに、まだベッド捨てていないんだ、と汚れた手で夫の枕を撫でる。胸の奥がちりちりと熱を持ち、息が苦しかった。私はなぜ、こんなにも苛立《いらだ》っているのか。自分でも分からず戸惑っていると、勝子がベッドサイドの棚に手を伸ばした。

「これって、なんとかって俳優がＣＭやってたカメラよね。高いんでしょう。こういうの」

「汚い手でいじらないで！」

夫の形見のカメラに触ろうとした勝子を、思わず怒鳴りつけた。自分にこんな声が出せるとは思わなかった。勝子は驚いた様子で目を丸くすると、強張《こわば》った顔でごめんなさいとつぶやき、逃げるように寝室を出て行った。

なぜだか涙が止まらなくなり、熱に浮かされたまま、枕に顔を押しつけて泣いた。いつしかそのまま眠ってしまったようで、気づけば周囲は暗くなっていた。

まだ熱は下がっておらず、ふらつきながらリビングに降りると、勝子はすでに帰ったあとだった。ダイニングのテーブルには、勝子の書いた手紙が残されていた。具合の悪い時に急に訪問したことへの詫びと、鍋におかゆを作ってあること、冷蔵庫に食べられそうなものを入れていく旨《むね》が特徴的な丸っこい字で記されていた。

キッチンを覗くと、ガステーブルもシンクもきちんと掃除され、焦げを落とした鍋には香りの良いおかゆがまだほのかな温かさを保っていた。冷蔵庫を開けると、プリンやゼリーの他に地元の人気菓子店のシュークリームと、栄養ドリンクが入っていた。

おかゆを食べて処方された薬を飲むと、再びベッドへと戻った。体調が回復したら、勝子に謝らなければと思いながら眠りに落ちた。

二日後にようやく熱は下がったものの、勝子の家を訪ねられたのは、看病に来てもらってから五日後のことだった。咳《せき》の症状が続いていたため電話ができず、二度ほどメールはしたのだが返事はなかった。勝子は携帯電話は持っているものの、操作が苦手なのかメールの返事を寄越さないことが多かった。

久しぶりに仕事に出て、いつものようにスーパーで買い物をしてから勝子の家に向かった。時刻は夕方の六時を過ぎ、辺りはもうだいぶ暗くなっていた。

家の中に灯りはなく、出かけているのかと思ったが、玄関の鍵は開いていた。

「ごめんください。勝子さん？　寝てるの？」

呼びかけたあと、耳を澄ましたが返事はない。だが居間の方から、何かが動いているような微《かす》かな音がした。お邪魔します、と声をかけ、靴を脱いで上がる。居間の襖《ふすま》を開けると、室内を見回した。

庭に面した掃き出し窓のカーテンは閉じられており、部屋はほとんど真っ暗だった。何かにつまずいて転ばないよう、注意して歩を進める。どこからか、魚の腸《わた》が腐ったような臭いと、鉄錆《てつさび》のような臭いが漂ってくる。台所の生ゴミだろうか。

ようやく部屋の中央に行きつき、蛍光灯の紐《ひも》を引いた。瞬《またた》きのあと、部屋が仄白《ほのじろ》く明るくなった。こたつの上に黒くて丸いものが置かれている。どくんと心臓が跳ねた。それは天板に上体を突っ伏した、勝子の後頭部だった。

勝子さん、と名前を呼び、その場にひざまずく。ぴくりとも動かない。先ほどからの嫌な臭いは勝子からしていたのだ。こたつ布団の上にだらりと落ちた手は蠟燭《ろうそく》のように白く、手のひらには死斑《しはん》というのだろうか。青黒い痣《あざ》のようなものが見えた。

死んでいる。

だが、なぜ――。

勝子の顔はこたつの天板の上に伏せられていて見えない。ざっと観察したところ、怪我をしている様子はなかった。おかしい。この錆のような臭いは、おそらく血の臭いだ。どこに傷があるのか。背中の方を確認しようと回り込んだ時、こたつ布団がもぞもぞと動いた。胸がぎゅっと縮み、喉《のど》の奥で悲鳴が漏れそうになる。

動悸《どうき》を抑えるように胸元に手を当て、深呼吸をした。それから腰をかがめ、こたつ布団をそろそろとめくり、中を覗き込んだ。暗闇《くらやみ》の中に、緑色の二つの光があった。はっと息を飲む。驚かせないように、ゆっくりと手を差し入れた。

「ミイ、出ておいで」

こたつの中にいたのは、勝子の飼い猫のミイだった。ミイはこちらへ歩み寄ると、差し出した私の手に顔を擦りつけた。ミイの毛は妙にべたべたしていた。ミイを外へ出そうと、さらにこたつ布団をめくり上げる。

そこにある光景を目にした時、すぐには何が起きているのか、飲み込めなかった。

勝子の土気色のふくらはぎは、元々薄かった肉がごっそりと削《そ》げ、断面から神経や血管らしい糸状のものが飛び出していた。その奥に象牙《ぞうげ》のような質感の、黒ずんだ血にまみれた骨が覗いている。口の周りを赤茶色に染めた白猫のミイは、小さく尖《とが》った牙《きば》を剝き出して、ああお、と人の赤ん坊のような声で鳴いた。

私は絶叫した。

四

「芳枝さん、何から何まで、本当にごめんなさいね」

通夜《つや》のあとに勝子の家に泊まることになったのは、私一人だった。晶代は義兄の世話をしなければならず、他に身寄りはないのだから仕方がない。玄関先で何度も詫びて帰って行った晶代を見送ったあと、私は喪服の上に持ってきたエプロンをつけ、風呂場の掃除を始めた。浴槽を洗い、お湯を溜めている間に洗い物を片づける。

あの日、どうにか平静を取り戻して警察に通報すると、まずは近所の交番の制服警官がやってきて、勝子の遺体を発見した時の状況を聞かれた。説明を終えると今度はスーツ姿の刑事が到着し、同じことをもう一度話さなければいけなかった。

変死ということで遺体は警察署に運ばれた。検視の結果、ふくらはぎの傷は死後に猫によってつけられたものだと判明した。他に外傷や不審な点はなく、何らかの理由で心不全を起こしたことによる病死であると結論が出た。

警察署から遺体が戻ったのは二日後のことで、慌《あわ》ただしく通夜と葬儀の日程が決まった。今日の通夜に訪れたのは親族と近所の人のみで、勝子には親しい友人などはいないようだった。

「勝子さん、ずっとマルチ商法みたいなのにはまってたでしょう。あれでみんな離れて行っちゃったのよ」

通夜に訪れた晶代の妹が、そんなことを言っていた。化粧品や健康食品など、やたらと色んなものを勧めてくるとは思ったが、マルチ商法に手を染めていたとは知らなかった。だがあの暮らしぶりからすると、人に売りつけるのではなく、自分が買わされていたのだろう。

洗い物を終えると、タオルと着替えを持って廊下に出た。玄関に置いたケージに入れられたミイは大人しく寝ていたが、私の気配に気づいたのか、頭だけをこちらに向け、ごろごろと喉を鳴らした。ケージの中の餌入れには、まだ半分ほど固形の餌が残っている。

遺留品として一旦《いったん》は警察署に預けられたミイは、勝子の遺体とともにこの家に返された。連れて来られてすぐに洗ってやったので、口の周りの血の跡はもうきれいになっていたが、なんとなく近寄りがたくて、様子を確認しただけで背を向けた。

廊下を奥へ進み、洗面所の引き戸を開けた。照明のスイッチを入れると、洗面台の鏡の中に疲れた自分の顔が映し出された。

洗面所の壁紙は湿気によるものか、あちこちにカビが生えている。床のクロスも浮き上がっているように見えた。手早く服を脱ぐとガラス戸を開ける。電球が一つ切れたままになっているようで、浴室は薄暗かった。シャワーを浴槽に向けて出しっぱなしにして、お湯になるのを待つ。

発見された時には、死後三日が経過していたという。私の訪問が早ければ、助かったのだろうか。考えても分からないことだし、私を責める人はいなかった。心臓に疾患があるという話は親族の誰も聞いておらず、こんなふうに突然、勝子の命が失われたことに、ただただ呆然《ぼうぜん》としていた。

思い込みが激しく、気づかいが苦手な人ではあった。だが決して悪い人間ではなかった。マルチ商法にしても、勝子はそれで儲《もう》けようというのではなく、本当に良いものだと信じて周囲に勧めていたのだと思う。例の薬についても、代金を払えとは言わなかった。

シャワーを浴び、化粧を落とすうちに鼻の奥がつんと痛んだ。温かいお湯に、泡とともに涙が流されていく。せめて明日の葬儀まで、きちんと面倒を見よう。これまで勝子と過ごした時間を思い出しながら、ゆっくりと湯船に浸《つ》かった。

深夜、ふと目を覚まし、暗い客間の室内を見回した。何か物音を聞いたような感覚が、耳の辺りに残っていた。

しばらく様子を窺《うかが》うが、家の中はしんとしたままだった。けれど妙に胸騒ぎがした。そっと布団から起き上がり、襖を開ける。廊下の照明のスイッチは、少し離れた玄関の方向にある。積まれた段ボール箱を避け、床を軋《きし》ませながらそちらの方へ歩き出した時、違和感を覚えた。目を凝らして気づいた。玄関に置いていた猫用のケージの扉が、大きく開いている。

小走りで廊下を進み、照明を点《つ》けた。ケージの中にミイの姿はない。だが玄関の戸は閉まっている。ということは外に逃げ出したわけではないのだと、ほっとした。先ほど聞こえた気がしたのは、ミイの立てた物音なのだろう。何か倒していないかと周囲を見回すが、居間も仏間も襖はちゃんと閉じられていた。

いったいミイはどこへ行ってしまったのか。トイレや洗面所のある方へと首を回した時だった。勝子の遺体が安置されている仏間から、みちみち、という水気を含んだ繊維が切れるような音がした。

息が詰まり、内側から叩《たた》かれるように心臓の鼓動が激しくなる。ミイが何かしているのだろうか。だが襖は間違いなく閉じている。みち、と、またあの音がした。最後に仏間を出る前に窓もしっかり閉めた。風が入ることはない。この部屋に、動くものなどいるわけがない。

追い立てられるような思いで襖の引き手に指をかける。音の正体が何か、見当もつかなかった。わけの分からない恐怖に、かちかちと歯が鳴る。開けたくない。けれど確かめないわけにいかない。

細く開けた襖の隙間《すきま》から、真っ暗な室内を覗き込んだ。仏壇の前に置かれた棺《ひつぎ》を、廊下から射《さ》した電灯の光が筋となって照らす。部屋の左手から右手へ、奥から手前へと視線を走らせる。動くものも、不審なものもない。危険はないと判断し、襖を大きく引き開けた。棺のそばへと歩を進め、天井から下がる蛍光灯を点ける。

急に視界が明るくなり、瞳の奥が痛んだ。目をすがめ、もう一度注意して辺りを見回す。この部屋に押し入れはなく、仏壇の扉は開いている。人が隠れられるような場所はない。祭壇も、夕方に見た時と何も変わりはなかった。ミイの姿もない。

あの音は、聞き間違いだったのだろうか。そうでなければ勝子が夫の幽霊を見たように、幻聴でも聞いたのか。きっと自覚している以上に疲れているのだと、灯りを消して立ち去ろうとした時だった。

この部屋に一箇所だけ、人の隠れられる場所があったことに気づいた。

勝子の棺の中に、遺体とともに横たわるという方法で。

再び鼓動が強まり始める。棺の蓋《ふた》は、ずれた様子もなくぴったりと閉じている。

自分の考えがおかしいということは承知していた。狭い棺の中に、誰が遺体と一緒に隠れたりなどするものか。分かっているのに、棺に顔を近づけ、耳を澄ました。

誰かが潜んでいれば、息づかいが聞こえるかもしれない。だがなんの音も聞こえず、気配も感じなかった。棺の載せられた台の足元に目をやる。二人分の重みがかかれば、もっと畳は凹んでいるはずだが、その様子もない。

やはりそんなことはありえないのだと安堵《あんど》する。そうして念のため、棺の蓋の覗き窓を開けた。

自分の見ているものがなんなのか、理解できなかった。

紫色をした、太くて長い、ナメクジのようなもの。

それが黄ばんだ歯の粒と、死化粧を施されたピンク色の唇を割り、屹立《きつりつ》していた。

一見何かが勝子の口に入り込んでいるように思えた。だが目を凝らして、逆だと分かった。唇から離れるほどにだんだんと細くなり、裏側にはぶつぶつと細かな突起と、血管のようなものが走っている。これは舌だ。勝子の舌が、口から飛び出し、高く突き出されているのだ。

閉じていたはずの勝子の目が開いていた。だがその眼球は水分が抜け、白く乾いて萎《しぼ》んでいた。

勝子は動かない。確かに死んでいる。死んだあとに、その形相が変わっている。魂に障りが起きたのだ。その魂を鬼が引きずり出したから、勝子はこんな有り様になったのだ——と、まるで当然のことのように私は受け入れていた。

現実から乖離《かいり》したこの感覚には経験がある。これは、夢だ。

夢だと気づいた瞬間、目を覚ました。心臓が激しく脈打っている。息を整えながら、瞳だけを動かして周囲を見回した。古い板張りの天井と小さな丸い笠《かさ》の蛍光灯。布団を敷くために部屋の壁際に寄せた座卓が見えた。強張っていた体から力が抜ける。ここは勝子の家の客間だ。

自分が現実の中にいることを確かめるように、布団の中で手を動かし、寝巻きの上から腿《もも》に触れた。温かく汗ばんだその感触にほっとしながら、もう一度大きく息をした。

首を動かす。辺りはまだ暗いが、レースのカーテン越しの青白い光で、夜明けが近いことが分かった。ゆっくりと上体を起こす。布団から出ると、少しのためらいのあと、襖を開けた。玄関の方へと視線を向ける。ミイのケージの扉は閉じていて、金属の柵《さく》越しに白い体を丸めているのが見えた。力が抜け、その場にしゃがみ込んだ。

枕元に置いた携帯電話を見ると、まだ四時を過ぎたばかりで起きるには早かった。布団に潜り込むが、眠れそうにない。目を閉じると、勝子のあの様相がまぶたの裏に浮かんだ。

私が先ほど見たものは単なる夢だ。けれど勝子が生前語っていたこととの符合が気になった。死後に人の顔が変わるという怪談。勝子の前に現れては唇に触れ、ついには口の中に指を入れたという夫の幽霊のこと。

夫はその身振りで、魂に障りが起きていると勝子に警告していたのだろうか。そんなわけはないと荒唐無稽な考えを否定する。あれは勝子の夢か幻視の症状だ。

だが、もしも夫が現れたのが、勝子のためではなかったとしたらどうだろう。勝子は死人の顔が変わるという話を語った時、こう言っていた。

私も芳枝さんも、気をつけなきゃね。

夫が助けたかったのは勝子ではない。私だ。私も夫とともに、あの薬を飲んでいた。勝子とミイも毎日飲んでいる、免疫力がつく薬だからと勧められて。

私には夫の姿を見ることができない。だから夫は、勝子に訴えるしかなかったのではないか――。

そこまで考えて、またもやそんな馬鹿げた推考をしている自分が恐ろしくなる。霊だとか、魂がどうしただとか、まともな大人の言うことではない。正気を保たなければいけない。

夫を介護していた頃の、我を失った自分には戻りたくなかった。迷妄に取り憑《つ》かれ、自分が自分でなくなるのだけは嫌だった。

朝八時になって晶代が義兄を連れてきた。仏間に用意した椅子に義兄を座らせて休ませ、それから葬儀会社の担当者を迎えた。今日の段取りの説明を聞き、教えられたとおりに祭壇を整える。九時前には僧侶が到着したので客間に通してお茶を出し、ほどなく近しい人だけの参列者が揃《そろ》い、葬儀が始まった。

読経《どきょう》のあとに喪主である義兄が短い挨拶を述べ、棺の蓋に釘《くぎ》を打つ前に最後のお別れとなる。蓋を外し、棺の中にみんなで花を差し入れていった。昨日と同じように静かに目を閉じている勝子の顔を見下ろす。そして思わず口元を押さえた。

悲しみが込み上げたためではない。昨日と同じではないと気づいたからだ。綺麗《きれい》に塗られていたはずのピンク色の口紅が、上唇の部分だけ、何かで擦れたように剝《は》げていた。

五

きっと誰かが花を入れた時に、勝子の唇に触れてしまったのだろう。

葬儀会社のワゴン車で晶代たちとともに火葬場に向かいながら、私は湧き上がる妄想じみた思考を必死で抑え込んだ。最後の読経が終わり、勝子の亡骸《なきがら》を納めた棺が火葬炉の扉の向こうに消えた時、涙する親族たちの後ろでうつむきながら、これでもうおかしなことを考えずに済むと、どこか救われた思いがした。

お骨《こつ》を拾い、勝子の家に戻ってきたのはお昼頃だった。精進落《しょうじん》としの会食を終え、参列者たちは小一時間ほど話をして帰って行った。義兄は体力の限界だったようで、晶代は片づけもせずに申しわけないと詫びながら、義兄を連れて帰った。

一人で後始末を終えたあと、何かやり忘れていることはないかと確認していて、ミイのことを思い出した。朝に餌と水をやったきりで、ずっとケージに入れたままだった。様子を見に玄関へと向かう。もう参列者は帰ってしまったし、片づけは済んだのでいたずらされて困るものもない。

ミイはケージの中で四本の足をぴんと伸ばして寝ていたが、足音を察知したのか私が近づくと頭を起こした。扉を開けてやると、ゆっくりした動作で立ち上がり、遠慮がちに外に出てくる。そして私の手の甲に顔を擦りつけた。

顎《あご》の辺りを撫でてやりながら、この子の引き取り手のことも考えなければいけないのだと途方に暮れる。しばらくは私が世話をすることになるだろうが、そもそもが動物好きではない。しかし飼い主を食べた猫をもらってくれる者などいるだろうか。

甘えるように体を寄せてくるのを見るうち、そう言えばこの数日、おやつをあげていなかったと思い至った。確か居間にあったはずだと立ち上がる。襖を開けると、ミイが先にするりと滑り込んだ。

こたつと、その下に敷いていたカーペットは片づけてあったが、畳には茶色い染みが残されていた。そちらを見ないように、壁際に積まれた段ボール箱の一つを開ける。勝子はこの中に猫用の餌やおやつと、自分のお茶菓子を仕舞っていた。

ペースト状のおやつの封を開け、ミイに食べさせてやりながら、ふと違和感を覚えた。おやつの入っている袋も餌の袋も、猫の爪《つめ》や牙で容易に引き裂くことができるポリエチレン製だ。段ボール箱だって封はしていないから簡単に開けられる。

私が勝子の遺体を発見した時には死後三日が経過していたが、餌をもらえず空腹だったとしても、この部屋には他に食料があった。なのにミイは、なぜ飼い主の肉を食べたのか。

チューブから押し出されたおやつをペロペロと舐めるミイの口元をじっと見つめる。中身を少しずつ搾《しぼ》ってやりながら、勝子の言葉を思い出していた。

猫って、本能で分かるのよ。自分の身を守る方法が。

頭の奥で閃光《せんこう》が弾《はじ》けた。全身から血の気が引いていき、二の腕にぷつぷつと鳥肌が立つ。

私の唇に夫が触れる。その痩せ細った冷たい指を口の中へと差し入れる。幻のような光景が、生々しい感触をともなって脳裏に映し出された。

夫が勝子を通じて私に伝えたかったこと。魂に障りが起きた者が《鬼》から逃れる方法――。

いいいいいいいいいいいいいいいいいいい
魂に障りが起きた者の体を、食べればいいのだ。

出所の分からない胎盤を原料とした薬を飲んだために、私たち全員の魂に障りが起きた。夫が勝子の唇に自身の指を差し入れたのは、それを食べれば助かると私に知らせたかったのに違いない。餌はあったにも拘《かか》わらずミイが勝子のふくらはぎを食べたのは、そうすれば障りを免れることができると本能で知っていたからなのだ。

気づけばミイを居間に残し、一人仏間に向かっていた。祭壇に置かれた桐箱の布の覆いを外し、蓋を開ける。小さな白い壺が覗いた。丸い陶器の蓋を持ち上げると、一番上に置かれた喉仏の骨が、かさりと静かな音を立てた。

正気でいることができなかった。分かっていたが、もうどうにもならなかった。まだ温もりの残る白い骨の欠片《かけら》をつまみ、夫といつか眺めた白い砂浜を思い起こす。仏が合掌している姿のようだというそれは、あの時、指輪みたいだと言って夫が拾い上げた珊瑚《さんご》の欠片に似ていた。

小さく嚙《かじ》ると、わずかな苦味を感じながら飲み下した。どこからか、調子の外れた笑い声が聞こえた気がした。

血《ち》腐《ぐさ》れ

一

かん、かん、とペグを打つ音が河原に反響する。静かな、だが力強い水音と、背後に迫る裏山から降ってくる蟬《せみ》の声。まだ昼前だというのに、照りつける陽射《ひざ》しは見上げると目を開けていられないほどだ。テントだけでなくタープも張った方が良いだろうと思いながら、帽子を深く被《かぶ》り直した。

キャンプ場内を流れる幅十メートルほどの川の対岸は、切り立った崖《がけ》となっている。苔《こけ》に覆《おお》われた岩肌のあちこちから、羊歯《しだ》や細い灌木《かんぼく》が飛び出していた。昨日まで雨が続いていたが比較的流れは穏やかで、これならば川遊びも楽しめそうだった。

「幸菜《ゆきな》おばちゃん、これ、刺さんないんだけど」

不意にハンマーの音が止《や》んだかと思うと、十一歳の姪《めい》の夏葵《なつき》が苛立《いらだ》った様子で私の方にペグを差し出してきた。こうした作業には慣れていないようだ。細い金属製のペグは、力任せに叩《たた》いたせいか、くの字に折れ曲がっていた。

「地面の下に岩があるのかもね。場所をずらしてみようか」

膝丈《ひざたけ》のデニムに黄色のチュニックを合わせた夏葵とともに、テントの反対側に回る。夏葵の二歳下の弟の侑悟《ゆうご》はポールを押さえる係にされたのが不満らしく、「もう一つは僕にやらせてよ」と口を尖《とが》らせていた。

侑悟は夏葵と同じ子供服ブランドのポロシャツにハーフパンツと、シンプルだがお洒落《しゃれ》なコーディネートだった。私より二歳若い義妹の麻実《あさみ》が、今日のために選んだのだろう。姉弟二人とも小柄ながら手足が長く、くっきりした二重まぶたの整った顔立ちで、母親によく似ている。うちの血筋の面影はほぼ押し負けてしまったようで、父親である実弟の伸彰《のぶあき》と似ているのは、茶色がかった癖っ毛だけだった。

侑悟の隣にしゃがみ込み、ポールの先端に差し込んだ金具の横にあるリングにペグを通す。土の柔らかいところを探し、角度をつけて半分ほどペグを打ち込んだところで「じゃあ続きはお願いね」と夏葵にハンマーを返した。残り一箇所は侑悟にやらせることにして、フライシートの準備をする。

「ちょっと伸彰、これ広げるの手伝ってよ」

少し離れた場所でバーベキューコンロを組み立てていた弟の伸彰に声をかける。伸彰は首にかけたタオルで額の汗を拭《ぬぐ》うと、緩慢な足取りで河原をこちらへと歩いてきた。ぺったりとしたコシのない癖毛に、ひょろひょろと白髪が混じっている。三十四歳と麻実と同い年なのに、顎《あご》の下や腹回りに薄く肉がつき、猫背気味に歩く様は、年齢よりだいぶ老《ふ》けて見えた。せめて服だけでも多少きちんとすればいいものを、くたびれたグレーのTシャツに膝の出たチノパンという出立《いでた》ちで、なぜこうも身なりを気にしないのかと呆《あき》れてしまう。

ここまで長距離を運転してきたためか、すでに疲れた様相の伸彰に反対側を持たせてフライシートを広げ、ポールを通してテントに被せた。夏葵と侑悟にペグ打ちを頼むと、さっそく姉弟でハンマーの奪い合いが始まり、家にあった木槌《きづち》でも持ってくれば良かったとため息をつく。

「じゃあ俺、コンロの続きやるから」

「あ、ちょっと、お昼まだなんだよね？　一応おにぎり作ってきたから。あとお母さんが卵焼きと漬物を持たせてくれたの」

喧嘩《けんか》になりかけている子供たちを仲裁もせず戻ろうとする伸彰に呼びかける。伸彰は振り返ることなく「俺は漬物食えないから」とだけ言うと行ってしまった。そのやけに素っ気ない態度にどこか不穏なものを感じながら、汗染《じ》みの浮いた弟の背中を見送った。

実家で同居する母から弟の家族キャンプの手伝いに行ってほしいと頼まれたのは、先月の下旬のことだった。元々子供部屋だった二階の自室で仕事をしていると、母が急に翌月の予定を尋ねてきた。

「麻実さんがその日、仕事でどうしても来られないらしいのよ。伸彰一人で夏葵と侑悟の面倒を見るのは大変だと思うの。あんたは独り身だし、どうせ家にいるだけなんだから、こんな時くらい人の役に立ちなさいよ」

東京に暮らす弟家族は、子供が小さい頃は孫の顔を見せるためにと頻繁に埼玉の実家に帰省してきたが、最近は子供たちの塾や習い事が忙しいとかで、帰ってくるのはゴールデンウイークやお盆、正月など、年に数回程度になっていた。

「来年は夏葵がいよいよ受験生でしょう。だから今年の夏休みは少し長めの日程で帰省して、自然の中で楽しい思い出を作ってあげたいんだって。あの川沿いのキャンプ場、あんたたちが子供の頃にも、よく家族で行ったじゃない」

山間《やまあい》の河原に面したキャンプ場は実家から車で三十分ほどの距離に位置し、私と伸彰も小学生の時に何度か父と母に連れられて行った場所だった。確かに自然はいっぱいだが、山と川以外に何もないところで、はたして今時の子供たちが楽しめるものだろうか。だが母は息子からの提案に大賛成の様子だ。

「畑がなかったら、私が孫の世話をしに行きたいくらいだわ。あんたの仕事は融通が利《き》くんだし、たった一泊なんだから行ってあげてよ」

　奥秩父で葉物野菜とこんにゃく芋の専業農家を営む両親は、畑仕事があるため二日間も家を空けるわけにはいかない。対して私は五年前に激務で体を壊したのをきっかけに東京のマンションを引き払って実家に戻り、現在は前職の経験を活《い》かして在宅でフリーのＷＥＢデザイナーをしている身だ。そして幸いというべきか、その仕事もさほど忙しい状況ではなく、一泊のキャンプに同行するくらいはなんの問題もなかった。仮に新しい案件が入ったとしても、納期を交渉すればそれで済む。

「まあ、いいよ。キャンプなんて私も久しぶりだし」

　私が了承すると、母は野菜はうちのを持っていけばいいとか、物置にまだ昔のキャンプ道具があるはずだなどと張り切り出した。伸彰には母から連絡しておいてくれるという。

「あんたは普段、家にこもってばっかりなんだから、いい機会よね。それに伸彰も、子供たちと羽を伸ばせるんじゃないの——麻実さんもいないことだし」

　母が意味深な言い方で付け加える。確かに、麻実が来ない方が気楽な面もあった。特に今の伸彰にとっては、そう感じるところが多いのかもしれない。

　東京で生まれ育ち、都内の有名私立女子大を卒業した麻実は大手監査法人で会計士として働いており、真面目《まじめ》で几帳面《きちょうめん》な性格だった。地元の専門学校を出たものの就職に失敗し、契約社員やアルバイトといった勤務形態を続けてきた私は、年下ながら責任ある立場で高い収入を得ている彼女を前にすると気後れしてしまい、正直苦手としていた。

　一方の伸彰は、新卒で入社したソフトメーカーで十年近く技術者として働いていた。人付き合いがあまり得意でない伸彰にはその職種が合っていたようなのだが、それが部署の異動をきっかけに、大幅に職務内容が変わってしまった。何度か上司に元の部署に戻してもらえるよう掛け合ったが受け入れてもらえず、伸彰は悩んだ末に、今から三年ほど前についに転職を決めた。

　新しい会社は勤務時間が短く、仕事内容も伸彰の希望どおりとなったが、収入は大きく下がったという。夏葵と侑悟を私立の一貫校へ入れるつもりだった麻実は、それが不満だったのだろう。以来、夫婦間での衝突が頻発しているそうで、耐えかねた伸彰が母に相談してきた。早く帰れるようになった分、伸彰が家事を担《にな》うことが増えたのだが、そのやり方が麻実は気に入らないらしい。

「麻実さん、子供たちの前でも伸彰にあれこれ言うこともあるらしくて、あの子もだいぶ参ってるのよね。次の日会社があるのに、夜中過ぎまで食器の洗い方が雑だとか、お風呂場の掃除ができていないとか、ぐちぐち文句を言われたりするって」

「ちょっと、それって精神的ＤＶなんじゃないの」

　伸彰はこれ以上この状況が続くなら麻実と離婚したいとまで言ったそうだが、母は子供たちのためになんとか考え直すよう説得したという。弟夫婦の軋轢《あつれき》を聞かされ、そんな息苦しい状況に置かれた夏葵と侑悟が気の毒になった。それがキャンプの話が出る二か月前のことだ。

　こうした背景も知っていたため、せめて子供たちには夏休みに楽しい時間を過ごさせてあげたいと思った。日程が近づくと私も伸彰と連絡を取り合い、当日はお互い現地に直接向かうことと、それぞれの持っていくものを決めた。そしてこの日、待ち合わせをした午前十時にキャンプ場にやってきたのだった。

　テントを張り終えたところで、隣接する駐車場に停めたバンから夏葵と侑悟に手伝わせて残りの荷物を運び、日除《ひよ》けのタープを設置した。その下に折り畳みテーブルを組み立てたところで、母と私とで朝から準備したおにぎりや惣菜《そうざい》を並べる。子供たちを待たせておいて、昼食にしようと河原の方にいた伸彰に声をかけに行った。

「俺、薪《まき》を集めたいから、先に食べててよ」

流木を両手いっぱいに抱えて戻ってきた伸彰は、バーベキューコンロの横に置いたアウトドアベンチに腰かけ、鉈《なた》で薪割りを始めた。先が枝分かれした木の股《また》に鉈を打ち下ろすと、黄色っぽい断面が覗《のぞ》き、生乾きの雑巾《ぞうきん》のような臭《にお》いが散った。

「昨日まで雨だったから、燃えにくいんじゃない？　炭だったら私も持ってきてるし、バーベキューするなら炭火の方がいいと思うけど」

それに何も昼食を後回しにする必要はない。子供たちだって父親と一緒にお昼を食べたいのではないか。そう意見したが、伸彰は返事をせず、裂けた木に指をかける。ふんっと鼻息を吹き出すと、めきめきと力まかせに捩《ね》じ切った。そうして陰鬱《いんうつ》な顔で私を見上げた。

「子供たちに、焚《た》き火をさせてあげたいんだよ。ホームセンターで買った炭なんかじゃなく、本物の火を見せてやりたいんだ。そのためにはたくさん薪を集めて、よく乾かしておかなきゃ。呑気《のんき》に飯なんか食っていられないよ」

何かに急《せ》き立てられるように目が落ち着きを失っている。伸彰は割れた木を足元に放り出すと、次は大人の腕ほどもある太い流木を地面に立て、その先端に鉈を当てた。そして「麻実が……」とつぶやいた。

「あいつがオール電化のマンションにしたいなんて言ったもんだから、夏葵も侑悟も、誕生日ケーキの蠟燭《ろうそく》くらいしか火を見たことがないんだ。最近の子供は、マッチの点《つ》け方も知らないんだよ。俺はそんな今の日本の教育は間違っていると思う」

鉈を食い込ませた流木を地面に叩きつける。ばきっと割れた木の内側は、虫に喰われたようにぼろぼろに崩れていた。割った木を木屑《きくず》とともに足で脇《わき》に寄せると、別の折れ枝へと手を伸ばす。

憑《つ》かれたように鉈を振るう伸彰の姿に何やら普通でないものを感じ、それ以上言えずに様子を見守る。先ほど一緒にフライシートを張っている間も、終始伏し目がちで、夏葵と侑悟とは言葉を交わすことがなかった。そして子供たちもどことなく伸彰と距離を置いているようで、親子の間に奇妙な緊張感が漂っていた。

麻実との不仲のために、伸彰は実のところかなり追い詰められているのではないか。子供たちはそのことを感じ取り、不安を抱いているのかもしれない。

「――じゃあ、伸彰の分は残しておくから、きりのいいところで食べてね」

平静さを保ち、なんとかそう声をかけた。分かった、と返事をすると、伸彰は首のタオルでごしごしと頭の汗を拭う。子供たちの方へ戻りかけながら、暑いから水分補給を忘れないでと言い足そうとした時だった。

「伸彰、あんた、血が出てるじゃない」

タオルの内側の赤茶色の染《し》みに気づいて、驚きのあまり鋭い声が出た。はっとした顔で手にしたタオルに目をやった伸彰は、その部分を隠すように握り込んだ。

「違うよ。このタオル、元々汚れてたんだ。手に泥がついたのを拭《ふ》いたから」

言いわけのように早口で説明する。泥だとしたらあんな色になるだろうか。伸彰の手元を注意深く観察したが、傷はどこにもなかった。服にも裂けたところや血の跡はない。伸彰は私の視線を避けるように、顔を背けている。

あの汚れはなんなのかと考えていた時、ふと、あまりに現実離れした想像が湧《わ》いた。そんなはずはない。そう自分に言い聞かせようとしたが、一瞬よぎった馬鹿げた考えは、なかなか頭を離れなかった。

もしも伸彰が、《あの場所》を訪ねたのだとしたら。

だとすれば弟は妻の麻実を、殺そうとしたのかもしれない。

二

キャンプ場の裏山には、菱田《ひしだ》神社と呼ばれる古い神社がある。さほど有名ではない、社務所などもない小さな神社で、参拝するのは地元民くらいだった。

主祭神は崇徳《すとく》天皇だと伝わっているが、文献などは残っておらず詳しい由縁についても定かではない。だが悪縁、腐れ縁を絶つご利益があることで知られており、いわゆる縁切り神社であるとされてきた。

過去に私はこの神社で縁切りを願い、結果としてそれは叶《かな》った。

私には晴香《はるか》という同い年の幼馴染《おさななじみ》がいた。保育園の頃から同じ組で、家が近所だったこともあり、一緒に遊ぶことが多かった。

四月生まれの晴香は早生まれの私と比べて体が大きく、足も速かった。鬼ごっこをすると、晴香はいつも一番に私を捕まえた。そして鬼ごっこが終わるまで私を鬼のままにして、他のみんなと逃げ回った。はやし声を上げて逃げる友達の背中を追いかけ続け、最後には走れなくなっても、鬼ごっこは終わらなかった。私が泣き出すまで、終わらせてもらえなかった。

そんな関係が小学校の中学年になっても続いていた。晴香は周りの子たちに、私とは保育園からの親友なのだと告げていた。だから晴香が私に何をしても、それは友達同士ふざけているのだとしか受け取られなかった。

「またあそこの娘かあ。ありゃ腐れ縁だんべえ。菱田様に、切ってもらやいいだで」

小学四年の、明日から夏休みが始まる一学期の終業式のことだった。晴香に通知表を取り上げられ、クラスメイトの前でさほど良くもない成績を読み上げられて泣いて帰ってきた私に、当時は同居していた今は亡《な》き祖母が、慰めるような口調で言った。私はその時に初めて「腐れ縁」という言葉を聞いた。祖母に意味を尋ねると、まさに私と晴香の仲はそれだと思えた。

「ばあちゃんが前に、石のまじない教えたろう。やってみらっせえ」

祖母は真顔でそう言った。

それは地元の一部の人間だけに知られている話だった。菱田神社の裏手にはある石が祀《まつ》られており、古くから縁切りのまじないに使われてきたのだという。その石に縁を切りたい相手の血をほんの一滴でも捧《ささ》げれば、縁だけでなく、相手の命を絶つことができるというのだ。

「あそこの石には近寄んな。怪我《けが》でもしたら、よいじゃあねえことになんだから」

私も伸彰も、そう祖母から注意されたものだった。そばで遊んでいて石に血をつけたりすれば、大変なことになるのだと。私はそれを、神社のような場所で遊ぶものではないというしつけの言葉だと捉《とら》えていた。だが祖母は本心から私たちの身を案じて言ってくれていたのだと、のちに知った。

この夏休みには菱田神社のそばにあるキャンプ場に両親と私と伸彰とで、キャンプに行くことになっていた。祖母もそれを知っていたから、石のまじないのことを持ち出したのだろう。祖母なりに励ましてくれたことはありがたかったが、そんな気味の悪いおまじないをする気にはなれず、まして効き目があるとも思えなかった。

それから一週間ほどして、キャンプ当日の朝を迎えた。両親の畑仕事の都合で、出発は昼前の予定だった。朝起きるのが苦手な伸彰を家に残し、私はいつものように公民館の駐車場で行われるラジオ体操に参加した。キャンプに出かけるのが楽しみで、私はこの日のためにと母が新調してくれた帽子を朝から被っていた。

「幸菜ちゃん、今日からキャンプ行くんだよね。その帽子被ってくの？」

顎紐《あごひも》のついた水色のサファリハットで、つばの内側が花柄になっているお気に入りの帽子だった。友達と夏休みの予定をあれこれ話し合っていた時、不意に後ろから、頭を強く叩かれた。そして私のすぐ横を晴香が走り抜けていった。

「いいなあ、幸菜、キャンプ行くんだあ」

馬鹿にしたように語尾を伸ばした言い方で、晴香は走りながら右手を突き上げた。その手にはぐしゃりと形を歪《ゆが》められた私の帽子が握られていた。

晴香の家は兼業農家で、両親は平日は仕事、土日は農作業をするため、家族で遊びに行くことなどできなかったようだ。だから私たちの話を聞いて、面白くなかったのかもしれない。

待って、返して、と叫んで彼女の方へ駆け出した。けれど晴香は前年から地域の陸上クラブに入団し、これまでにも増して足が速くなっていた。どんなに必死で走っても、追いつけるはずがなかった。晴香は帽子を摑《つか》んだまま駐車場の中を逃げ回る。その場には他の子供たちも、子供会のラジオ体操当番の大人もいたが、友達同士ふざけ合っているようにしか見えないのか、誰も助けてはくれない。

少し離れたところで立ち止まり、ほーら、こっちこっち、とおどけた仕草で帽子を振る晴香に、恥ずかしさと悔しさで半泣きになりながら突進した。

その直後だった。「きゃあっ」と、大きな声が上がった。

足元をよく見ていなかった晴香は、駐車場の車止めのブロックにつまずいて思い切り転んでしまった。勢いがついていたせいか、アスファルトの地面に上半身から倒れ込んだ。轢《ひ》き潰《つぶ》されたカエルのような不恰好《ぶかっこう》な体勢を、そばにいた高学年の男子たちが「うわ、やべえ」とくすくす笑い合っている。

ややあって、晴香は痛そうに顔をしかめながら、帽子を持っていない方の手をついて立ち上がった。見ると肘《ひじ》や膝が赤く擦り剝《む》けて傷になっている。特に膝の方の怪我は酷《ひど》く、脛《すね》にまで血が伝うほどだった。子供会の保護者が「救急セットを出すから待ってて」と焦《あせ》った手つきでバッグの中をかき回し始める。

「ねえ、大丈夫？」

さすがに気の毒になって、私は膝の擦り傷を見下ろして中腰になっていた晴香に近づき、声をかけた。

私に同情されたことが屈辱だったのか、顔を上げた晴香は、険のある目つきでこちらを睨《にら》んだ。

そして、手にしていた私の帽子で、出し抜けに自分の足に垂れた血を拭った。

やめて。汚い。叫びたかったが、動揺のあまり喉《のど》を絞ったようなか細い声が漏れただけだった。

はい、返す、と晴香は私の胸の前に帽子を突き出した。そうして薄笑いを浮かべると、離れたところで様子を見ていた取り巻きの女子の方へ走っていった。受け取った新品の帽子は、裏地の青い花柄の部分に擦れたような薄赤い血の染みがついていた。ぷんと鉄臭さが鼻をつき、吐き気をこらえながら、その場に立ち尽くした。

その後、予定どおり家族でキャンプに出発したが、私は帽子を忘れたと嘘をつき、被っていかなかった。母はせっかく買ったのにと呆れていたが、朝から沈み込んでいた私を気づかってか、強く叱《しか》りはしなかった。

テントとタープを張ってしばらく川遊びをしたあと、父と伸彰は上流の方へ釣りをしに行くと言い出した。朝が早かった母は夕飯の支度の時間まで休みたいと、タープの下で休憩していた。

「暑いから、ちょっと森の中を散歩してくる。神社まで行ったら戻ってくるから」

母にそう告げると、私は自分のリュックを背負い、菱田神社のある裏山へと向かった。神社までは歩いて十五分ほどの距離で、これまでにも家族で何度か行ったことがあった。そしてそこまでの道も、参道として整備された一本道だった。迷う心配はないと判断したのだろう。今の時代なら許されなかっただろうが、母は私を一人で行かせてくれた。

キャンプ場から駐車場を突っ切ったところにある裏山の入り口には、色あせた赤い鳥居と古びた石燈籠《いしどうろう》がある。鳥居をくぐり、林の中に分け入ると、照りつけていた日が枝葉に遮られ、急に辺りが暗く感じられた。

雑木林を登っていく緩い傾斜の参道は、踏み固められてはいるがでこぼこ道で、ところどころに木の根っこが覗いている。湿った土と、青臭い森林の匂《にお》いが漂う木立の中を、つまずかないよう注意して進んだ。

つづら折りに蛇行する山道を登るうち、いつしか川の音は聞こえなくなり、その代わりに頭上で鳥や蟬の声が響いていた。張り出した樹木が道を覆うように茂り、半袖《はんそで》シャツでは寒く感じるほどだった。

時々立ち止まってはリュックに入れてきた水筒の麦茶を飲みながら、十分以上は歩いただろうか。鬱蒼《うっそう》とした木々の向こうに、赤いものが見えた気がした。少し早足になって曲がり道を折れると、その先にあちこち色の剝《は》げた朱塗りの鳥居が建っていた。鳥居の先は急な石段になっている。苦労して昇り切ると、そこが神社の境内だった。

苔むした石畳が敷かれた狭い境内には、風雨にさらされたためか白茶けて顔が削《そ》がれた狛犬《こまいぬ》が向かい合っている。奥へ進むと、私は正面に建つ本殿ではなく、その裏手に回った。家族で来た時には、そちらへ入ったことはなかった。

祖母に以前聞かされたとおり、本殿の裏側には小さなお社があった。その横に、箒《ほうき》の柄と同じくらいの太さの白木の棒が四本、大体一メートル間隔で、菱形を作るように地面に突き立てられている。棒の高さは大人の身長くらいだろうか。そのてっぺんから二十センチほど下のところに、菱形の四辺を囲うようにしめ縄が張られていた。藁《わら》の飛び出た、今にも千切れそうなぼろぼろのしめ縄には、なぜかそれだけ真新しい、白い紙垂《しで》が下がっている。

その菱形に仕切られた空間の中央に、ひと抱えほどの大きさの、なんということもない石が置かれていた。ボールを少し潰したような形で、漬物石だと言われても信じただろう。石の表面は滑らかで、川の下流で見るような、丸く角の取れた石だった。近づいて見ると、石の上面に自然に穿《うが》たれたような小さな凹《くぼ》みが二つと、真ん中にほんのちょっと盛り上がっている部分がある。特徴と言えばそれだけだった。

石を前にして、しばしためらったのち、背負っていたリュックを下ろした。そして中から、晴香の血で汚された水色の帽子を取り出した。

しめ縄の囲いの中に入るのは少し怖い気がして、外側から手を伸ばして、石の上に帽子を置いた。紙垂の下にかがむと手を合わせ、目を閉じて祈った。

晴香との縁を切ってください。晴香を酷い目に遭わせて、死なせてください。どうかお願いします。お願いします——。

こんなおまじないが、本当に効くとは思っていなかった。ただ何かに頼らなくては、もう立ち向かえなかった。助けてほしかった。私は信じてもいない神様に、真剣に祈りを捧げ続けた。

祈願が通じたかどうかは分からなかったが、しばらくして目を開けた。ずっと力を込めていたせいか、合わせた両手が貼りついたようになっていた。ようやく手を離し、立ち上がろうとした時、口の中に違和感を覚えた。舌を動かし、その異物を押し出す。そっと手の上に吐き出すと、それはなんの前触れもなく抜けた、奥歯の乳歯だった。

血の味を感じながら、わけもなく恐怖に駆られて周囲を見回した。その時、頭の上で、ざざざざ――と葉擦れのような音がした。

顔を上げると、紙垂がいっせいに揺れていた。風は吹いていない。その証拠に、しめ縄の方はまったく動いていなかった。ただ白い紙だけが、狂ったように不規則に揺れ動いている。恐ろしいのに視線を外すことができず、身を固くしたままその光景を見上げていた。

「お姉ちゃん、何してるの？」

聞き慣れた声がして、弾《はじ》かれたように振り返った。見ると本殿の方から、伸彰が歩いてくるところだった。

「なんでお姉ちゃんの帽子、そんなとこに置いてるの？」

伸彰は私の背後にあるものに興味を示したようで、ずかずかと歩み寄ると、あっさりと菱形の囲いの中へと入ってしまう。

そしてそのまま、石の上の帽子に触れようとした。

「駄目、触んないで！」

咄嗟《とっさ》に叫んだが間に合わず、伸彰はもう帽子を手にしていた。ほどなく、呆《ほう》けたような顔でこちらを振り向いた時、私は弟の身に何が起きたのか分からず、慄然《りつぜん》とした。

特にどこかにぶつけた気配もなかったのに、伸彰はぼたぼたと鼻血を垂らし、Tシャツの胸元を赤く汚していた。思わず石に目をやるが、そちらに弟の血の跡らしきものはなかった。

「あんた、どうしたの、それ——」

伸彰は答えなかった。血まみれの顔に満面の笑みを浮かべると、帽子を摑《つか》んだ腕をゆらりと突き上げ、妙に甲高い、間延びした声で言った。

「いいなあ、ゆきな——はい、かえす」

三

昼食のあと、子供たちに川遊びをさせてテントの方へ戻ってくると、すでに伸彰はバーベキューコンロのそばに焚き火を起こしていた。ベンチに腰掛け、ビールの缶を手に炎を眺めている。子供たちに気づくと、おいでと手招きした。

「私、暑いからいい。幸菜おばちゃんと日陰にいたい」

侑悟は素直に伸彰の隣に座ったが、夏葵はタープの下で涼みたいという。伸彰も無理強いはせず、侑悟に先ほど集めて積んでいた薪をくべさせてやっていた。夏葵はクーラーボックスから出したジュースに口をつけながらも、内心では焚き火が気になるようで二人の様子をちらちらと見ている。やはり下の子の方が、親に甘えるのが上手なのかもしれない。

あの小学四年のキャンプの時も、伸彰はただ鼻血を出しただけなのに頭がくらくらするなどと言って、夕食の準備も手伝おうとせず、日陰で休んでいた。でも夜に花火をする時にはすっかり元気になり、調子に乗って手持ち花火を振り回して叱られていた。晴香が朝に言ったのと同じ言葉を口にしたことは、覚えていないようだった。

肝心の菱田神社のおまじないは、結局のところ、半分だけ効いた。晴香が事故に遭ったのだ。

二学期の始業式に、晴香は松葉杖《まつばづえ》をついて登校してきた。自宅近くの農道を自転車で走っていて軽トラックに接触し、膝を骨折したのだそうだ。酷い目に遭わせてほしいという願いは叶ったが、クラスメイトたちにちやほやと世話を焼かれて、晴香はどこか得意げだった。

陸上クラブはやめたようだが、ギプスが外れてしばらく経《た》つと私への嫌がらせも再開された。だが幸いなことに、晴香の家は翌年、父親の仕事の都合で親族に畑を譲り、東京に引っ越すことになった。そのことを思えば、やはり菱田神社には縁切り神社としてのご利益《りやく》があったのだろう。

「幸菜おばちゃん、僕もジュース飲みたい」

あれこれと昔のことを思い出していると、薪をくべるのに飽きたのか侑悟がこちらに駆けてきた。伸彰はまだ焚き火のそばで缶ビールに口をつけている。昼間からあんなに飲んで大丈夫だろうかと心配になりながら、夏葵の向かいに座った侑悟に冷えたペットボトルを出してやる。そこで侑悟が目を擦っているのに気づいた。

「侑悟、眠いの？　疲れちゃった？」

尋ねると、夏葵が「今朝、うちを出るの凄《すご》く早かったの」と割って入った。そして麻実に似たぽってりとした唇を尖らせる。

「パパに起こされたの、四時くらいだもん。ママは寝てたから、行ってきますって言えなかったし」

そうなの、と返しながら、夏葵の説明に違和感を覚えた。キャンプ場に集合するのに伸彰から指定された時間は、午前十時だった。東京から車で来たとしても、関越道なら二時間半もあれば着くはずだ。なのになぜ、そんなに早く家を出る必要があったのか。

「来る途中にどこか寄ったの？　買い物とか」

二十四時間営業のスーパーなどで買い出しでもしていたのかもしれない。そうだとしても時間が掛かりすぎだが、一応尋ねた。しかし夏葵は首を横に振った。

「キャンプ場には七時過ぎには着いちゃったんだ。それで、パパが用事があるから車で少し待っててって言うから、私は寝て待ってたんだけど、侑悟は眠れなかったみたい。パパがいなくなって、怖くて泣いてたんだって」

「泣いてないって！　パパが山の方に歩いていっちゃって、なかなか帰ってこないから、転んで怪我したんじゃないかって心配してたんだよ」

侑悟がむきになって否定する。言い合いになりかけたのを遮り、二人に確認した。

「待って。じゃあ七時過ぎにキャンプ場に着いたあと、パパはずっと車に夏葵たちを置いたまま、戻ってこなかったってこと？」

「ずっとじゃないよ。九時半頃には帰ってきたもん。遅くなってごめんって、ちゃんと謝ってくれたし」

侑悟は庇《かば》うように言ったが、それでも二時間くらいは子供たちをこんなところに置き去りにして、そばを離れていたということだ。駐車場は朝のうちは林の陰になっているので熱中症の心配はなかっただろうが、保護者としてやっていいことではない。そんな非常識な行いをしてまで、一人で山の中に何をしに行ったのか。

伸彰の方を振り返ると、すでに酔っているらしく、ベンチにかけたまま上体をふらふらと揺らしている。やがて弛緩《しかん》した顔で焚き火に新たな薪をくべた。加減を考えていないのか、キャンプファイヤーのような大きな炎が上がっている。焚き火は禁止されているわけではないが、さすがに管理者に注意されるのではないか。

伸彰が傍らに置いたクーラーボックスから、ロング缶の酎《ちゅう》ハイを取り出した。腕を伸ばすとシャツの裾《すそ》がずり上がり、たるんだ白い脇腹《わきばら》が覗いた。小さな頃から一緒に育ってきた弟なのに、なんだか別の人のように思える。

思えば、あの小学四年のキャンプの頃からだろうか。伸彰と私の関係が、ぎくしゃくし始めたのは。

朝起きるのが苦手だった伸彰は、あの夏休みが終わった二学期から、学校を休みがちになった。行き渋りは徐々に酷くなり、学年が上がる時には完全に不登校となった。そしてその頃になると、伸彰は私と口を利こうとしなくなっていた。

同じ家で育ちながら特に問題なく学校に通えている姉の私に、鬱屈とした思いがあったのかもしれない。顔を合わせるのも嫌だったのか、私が居間にいる時には立ち入らなかったし、食事も別にとるようになった。当時のそういう環境が気詰まりで、私は早くに実家を出たのだ。

その後、伸彰が高卒認定試験を受け、無事に東京の私大の理工学部に合格したと聞いた時は、本当に安堵《あんど》したものだった。就職した会社の取引先として知り合った麻実と結婚した際には、先を越されて少し悔しく感じながらも、素直に祝福することができた。夏葵と侑悟が生まれ、二人を連れて帰省するようになると、それまでのわだかまりも徐々に解けていった。

なのになぜ今、私はこんなにも伸彰に対して恐怖しているのだろう。口の端に泡をつけたまま、うろのような黒々とした目に燃えさかる炎を映す弟をそれ以上見ていられなくて、視線を逸らした。

先ほど思い浮かべて否定した馬鹿馬鹿しい想像が、再び頭をもたげてくる。あのキャンプの日に、菱田神社で起きたこと。伸彰も私と同じく祖母から例のおまじないを教わっていた。縁を切りたい者の血を石に捧げれば、その悪縁だけでなく、相手の命を絶つことができる――。

伸彰のタオルについていたのは、麻実の血だったのではないか。それをあの石に捧げることで、伸彰は麻実を殺そうとしたのではないか。

あり得ない。どうかしている。そう思いながらも、朝からの弟の異様な振る舞いに、妄想じみた考えが浮かんでくるのを止められなかった。

四

あまり暗くなってからだと、ランタンの光では肉の焼け具合がよく見えなくなるので、夕方五時半からバーベキューを始めた。子供たちも遊び回って空腹だったようで、伸彰が買ってきたカルビ肉も、母が持たせてくれたハラミと牛タンも、四人でほとんど残さず食べ切ってしまった。

酒で満腹だったのか、私より少食なくらいだった伸彰が、ステンレスのマグカップにウイスキーを注ぐ。

「ちょっと、飲み過ぎじゃない？」と、さすがに注意した。

「花火もこれからだし、酔っ払って火を扱うのは危ないよ」

伸彰はうるさそうに眉《まゆ》を曇らせながらも、同じカップに子供たち用のコーラを注いでアルコールを薄めた。

夏葵と侑悟は熾火《おきび》となった焚き火に小枝をくべて遊んでいる。すでに裏山の向こうに日は沈んでいるが、時刻は七時を過ぎたばかりだった。夕焼けの名残の赤みを帯びた雲が、藍色《あいいろ》を濃くしていく空を彩《いろど》っている。花火を始めるには、まだ少し早かった。

「麻実さんに、子供たちの動画を撮って送ってあげたら？　きっと気にしてるよ」

暗くならないうちにと提案してみる。だが伸彰は「この時間はあいつ、まだ仕事中だから」と、スマートフォンを出す素振りも見せない。またあの不安が頭をもたげてくる。

自分のスマートフォンを取り出して履歴を確認する。麻実からの連絡はなかった。

これまで気にしないようにしていたが、このキャンプに際し麻実からは、まだ一度も電話もメッセージも来ていなかった。子供を預けるのだから、母親として何か一言あるべきではないのか。

バーベキューコンロを挟み、姉弟二人でハイバックのアウトドアチェアに体を沈めたまま、しばし無言で夕闇《ゆうやみ》に漂う煙を見つめていた。川の音と虫の声。時折、小さく炭の爆《は》ぜる音がしていた。

「——今朝、神社に行ってきたの？」

やはり聞いてしまおうと切り出した。伸彰は目線を上げた。眠たげな表情からは、何を考えているのか読み取れなかった。

「夏葵たちから聞いたの。今日は早くに着いて、車で寝てたって。その間にあんたが、山の方に行っていたって。神社以外に、何もないでしょう。あそこは」

ああ、と肯定と取れる返事をして、伸彰はチェアの肘掛けのホルダーからカップを手に取る。そこで何をしていたのか、話し出すものと思い続きを待ったが、伸彰は何事か考え込んでいる素振りでカップの中に視線を落としていた。

「俺、あの神社の裏で、鼻血出したことあったよね」

唐突に問われ、うん、とうなずく。何を言おうとしているのか意図が摑めず、煙の向こうの伸彰を見つめた。

「姉ちゃんも、子供の時に一緒に見たよな。あの石——あれ、なんだったと思う？」

知らないよ、と反射的に答えていた。それについて話すことが、急にそんな話を始めた弟のことが、なぜだかとても恐ろしかった。だが伸彰は、暗い目で手元を見たまま語り出した。

「俺、学校に行ってなかった頃に、あの神社のこと、気になって調べたんだよ。主祭神の崇徳天皇って、神様ってことになってるけど、実は怨霊《おんりょう》なんだ。崇徳院は、自分の血で書き写した経を京都に送ったのを無視されて、舌を噛《か》みちぎってその血で呪詛《じゅそ》の言葉を記し、無念の中で死んだ。死んだあと、その棺からあふれた血が、台座の石に――」

「ねえ、やめてよ。なんの話？」

なぜそんな不気味な歴史上の人物のことを聞かされなければいけないのか。わけが分からなかった。話を遮られた伸彰は、苛立った様子で首元を掻《か》いた。今日一日で日焼けした肌に、赤い爪痕《つめあと》の筋が浮かぶ。

「あそこにあるのは普通の石じゃない。石そのものが呪詛になってる。あの神社は崇徳院を祀っているけれど、怨霊の怒りを鎮める気なんかないんだ。その証拠に、あんなことを――」

いい加減にして、と思わず大きな声が出た。怨霊だとか呪詛だとか、そんな話を真剣に語る弟を見たくなかった。子供たちが不思議そうに振り返る。その場を取り繕うべく、「そろそろ花火やろうか」と明るい調子で二人に呼びかけた。やったーと喜ぶ子供たちに、火傷《やけど》をしないように長袖を羽織るよう言いつけると、伸彰を振り返った。「あんなの、ただの丸っこい石じゃん。それより花火運んでくるね。伸彰はバケツに水汲《く》んできてくれる？」

話を打ち切ってそう頼んだが、伸彰は立ち上がろうとしなかった。コンロの中で赤い光を放つ炭をじっと見据えている。そしてぽつりと言った。

「姉ちゃんは、気づいてなかったのか」

なんのこと、と尋ねる。伸彰の手が、小刻みに震えていた。

「窪《くぼ》みが二つあって、真ん中が出っぱってて、あれ、顔だよね。あの石は、本来はどこかに祀られていた——血を求める何者かの首なんだよ」

夏葵と侑悟は花火を楽しんだあと、ちゃんと後片づけも手伝ってくれた。子供たちが一緒だったので、伸彰とそれ以上、菱田神社の石の話はせずに済んだ。

焚き火とコンロの火の始末をして、炊事場の水道で歯磨きを済ませ、子供たちとテントに入ったのは夜の九時半過ぎだった。本当なら大人だけで久しぶりに積もる話でもするところなのだろうが、そんな雰囲気ではなくなっていた。奥から伸彰、侑悟、夏葵、私と四人が並ぶ形で寝袋に入った。

しばらくはLEDランタンをつけて子供たちと学校のことや友達のこと、塾や習い事のことなどおしゃべりをしていたのだが、やがて侑悟が静かになり、寝息を立て始めた。「明日、早く起きて遊ぼうね」と夏葵に約束して灯りを消した。

伸彰はこちらに背を向けてスマートフォンを見ているようで、寝袋の頭の辺りを仄《ほの》白《じろ》い光が照らしている。子供たちが一緒に寝ているところで込み入った話もできず、今朝、神社で何をしていたのか尋ねることはひとまず諦《あきら》めた。

やがて聞こえてきた夏葵の寝息と虫の鳴く声、遠くに響く川の音に聞くともなく耳を傾けるうち、気づけば眠りに落ちていた。どれくらいの時間、眠っていたのか分からない。ふと、誰かの声がした気がして、目を覚ました。

暗いテントの中で耳を澄ます。子供たちが起き出した気配はない。伸彰も寝入っており、軽いいびきを立てている。目が慣れてくると夏葵と侑悟の寝顔と、その向こうで寝袋に潜り込んでいる伸彰の姿が見えた。

頭のそばに置いていたスマートフォンを手に取る。時刻は午前三時過ぎだった。声がしたのは外だったのだろうか。テントの位置は離れていたが、他にもキャンプに来ている家族連れがいた。深夜にトイレにでも起きたのかもしれない。

外の様子を窺《うかが》うが、人の声らしきものはもう聞こえない。再度眠ろうと目を閉じた時、私が寝ているテントの入り口側の方で、ぱたぱたと何かを叩くような音がした。同時に、テントの内側のシートが小さく揺れた。

風で飛んできた何かが当たったのだろうか。だが直後、またぱたぱたと同じ音がして入り口部分のシートが揺れた。ファスナーを閉めているので姿は見えないが、誰かがテントを叩いているようだ。位置の低さからして、どうやらそこにいるのは子供のようだった。

一人でトイレに起きて、自分のテントが分からなくなってしまったのかもしれない。私は体を起こすと、「どうしたの？」と小声で尋ねた。しかしその子は答えず、再びぱたぱたとテントを叩き始める。夜中に帰る場所を見失って、パニックになっているのだろうか。早く家族のところへ連れて行ってあげなくてはと、私はテントのファスナーに手をかけた。十センチほど隙間《すきま》が開いた、その時だった。

んふふっ。んふっ――。

テントの外で、鼻から息を抜くような笑い声がして、咄嗟に開きかけたファスナーを引き戻した。刹那《せつな》、ばたばたっ、ばたばたっと突然テントが激しく叩かれた。やめ

て と言おうとしたが、恐ろしくて口が利《き》けなかった。ファスナーを押さえたまま硬直していた。何かがおかしい。夜中に迷子になった子供が、笑うはずがない。

ねえ、ちょっと起きて、と奥で寝ている伸彰に必死で呼びかけたが、目覚める素振りはない。その間も、嬉《うれ》しそうに笑い声を上げながら、何者かがテントを叩いている。耐え切れなくなった私は、空いている方の手で枕《まくら》代わりにしていたウエストポーチを摑むと、その誰かがいる辺りに投げつけた。

ひい——と細い声が尾を引き、笑い声とテントを叩く音が止《や》んだ。逃げていったのだろうか。もしかして、笑い声に聞こえたのは鳴き声で、正体は猿などの野生動物だったのか。そう思いかけた瞬間——。

ぐうっ、と何か球形のものが、テントの入り口に押しつけられた。シートが丸く盛り上がる。まるで幼い子供が、中に入りたくて頭をぐいぐいと差し入れようとしているかのようだった。んふう、んふう、と荒い呼吸の音がして、もごもごと口らしきものが動いている。その様はシートを噛み破ろうとしているようにも見えた。

やがて頭がずるりと角度を変え、鼻と思《おぼ》しき小さな突起が私の方を向いた。悲鳴を上げようとしたが、喉が詰まったように声が出せず、そのまま意識が薄らいでいった。

五

「夢だよ、それ。よくあるじゃん。夢の中で声を出そうとしても出ないこと」

朝食のトーストを焼くための炭を熾《おこ》しながら、私の話を聞いた伸彰はそう断じた。まだ朝の六時前で、子供たちはぐっすり眠っていた。

昨晩、悲鳴を上げかけたところで意識が途絶え、気づくと明け方だった。伸彰の姿がなく、テントを出ると早くもコンロに炭を入れているところだった。

「本当なの。夢じゃないんだって。これ見て。起きてから気づいたの」

必死に訴えると、私は袖をまくって腕の内側を見せた。

がたがたに歪んだ歯並びの、小さな歯形がついていた。その周囲は赤紫色に内出血を起こしている。

「自分で嚙んだんじゃないの？　それか、隣の夏葵が寝ぼけたとか」

「よく見て。夏葵ならこんなに小さくないでしょう。子供だったら三歳とか、それくらいの大きさだよ。昨日、何かがテントに入ってきたんだよ」

伸彰は私の方を見ようとせず、唇を結んでうちわを動かしている。その顔は強張《こわば》り、額と鼻の頭にびっしり脂汗《あぶらあせ》が浮いていた。

「ねえ、あんた昨日の朝、神社で何をやったのよ」

明らかに何かを隠している。確信を持って問い質した。伸彰は妻の麻実との縁を切るために、例のおまじないをやったのではないか。昨晩の怪異は、そのせいなのではないか。あの得体の知れない子供がどう関連しているのかは分からないが、そうとしか考えられなかった。

「――何かしたのは、姉ちゃんの方じゃないのか」

不意に発せられた問いかけに、意図が読み取れず首を傾《かし》げていると、伸彰は一瞬怯《おび》えた目を私に向けたあと、再び口を開いた。

「小四の時の姉ちゃんの同級生。あの晴香って子が転校したあとのこと、姉ちゃんは知らないんだよな」

突然飛び出した幼馴染の名前に、戸惑いながら弟の顔を見返す。転校後のことなど知るはずがなかった。晴香の引っ越し先の住所も教わっていなかったし、知っていたとしても連絡を取り合うような仲ではない。

「あの子には二つ下の、俺と同い年の亮平《りょうへい》って弟がいたんだよ。それで聞いたんだ。あいつの姉ちゃんが――小学六年の時、自殺を図ったって」

うつむいたまま、伸彰はうちわを動かし続ける。煽《あお》られた炭から舞い上がる火の粉を、呆然《ぼうぜん》と見つめていた。

「東京に行ったら、中学の陸上チームに入るつもりだったんだって。でも膝の骨折のせいで、リハビリしてもタイムが上がらなくて、諦めることになって――それで自暴自棄になったんじゃないかって言ってた。姉ちゃんがキャンプの時にあの石に何かしてたのって、ばあちゃんが言ってたおまじないだよな？　あの子がそんなことになったのは、姉ちゃんのせいじゃないのか」

伸彰は手を止めた。そして小さな炎を上げて燃え始めた炭を睨み、続きを口にした。

「まあ――未遂で済んだらしいよ。中学では吹奏楽部に入って、割と楽しそうにやってたって」

その一言で力が抜けて、その場にしゃがみ込んだ。自分のしたことで幼馴染の命を奪ったのではなかったと胸を撫《な》で下ろす私の横で、「だからさ」と伸彰が続ける。

「あの石は、人の命を絶ってくれたりはしないんだよ。どんなに死んで欲しくても」

伸彰は虚《うつ》ろな顔でそう言い添えると、子供たちを起こしてくると告げてテントの方へ歩いていった。

今のはどういう意味で述べた言葉なのか。弟の背中を見つめながら、恐ろしい想像が湧いてくるのを抑えられなかった。

菱田神社までは、子供の足でも十五分しか掛からない。もしおまじないをしていたのだとしても、二時間は長すぎる。

昨日の朝、伸彰は山の中で二時間も何をしていたのか。なぜここへ来てから一度も麻実に連絡を取ろうとせず、そして彼女からの連絡もないのか。子供たちはどうして、伸彰に対して避けるような態度を取っているのか――。

それは伸彰が妻の麻実を言い争いの末に殺してしまい、車に乗せて運んできた遺体を、あの裏山に埋めたからではないのか。

伸彰がテントに向かってすぐに麻実に電話をかけた。しかし呼び出し音が鳴るばかりで出ない。いつも早朝から起きている母に、麻実に連絡がつかなくて心配だとメッセージを送る。

子供たちを起こしてきた伸彰は、二人がトイレに行っている間に「昨日は早く着きすぎて、時間を潰していたんだ」と弁明した。

「確かに神社には行ったけど、ただ散歩がてら、うろうろしてただけだよ。そしたら、また俺、鼻血が出ちゃってさ。なんかあの時から、あそこの石に呪われてんのかも」

冗談ともつかない調子で言うと、タオルについていた汚れはその鼻血だったのかもしれないと話した。

だがそれが真実だとは、どうしても思えなかった。

不穏な思いに駆られながら、戻ってきた夏葵と侑悟に、伸彰が網の上で焼いてくれたトーストを手渡す。ジャムをたっぷり塗ったトーストを頰張る二人の姿をスマートフォンで撮ると、麻実のアカウント宛《あ》てに送った。だがいつまでも既読にならなかった。やはり彼女の身に、何かが起きたのか――。

その後、朝食の片づけを終え、フリスビーをして遊び始めた子供たちを落ち着かない気持ちで見守っていた時だった。ポケットに入れていたスマートフォンに着信があった。表示された名前を見て、急いで通話ボタンをタップする。

「あ、私、麻実ですけど。さっきは出られなくてすみません。写真ありがとうございました。このたびはお義姉さんにも本当にお世話になって……子供たち、ちゃんと言うこと聞いてますか？」

生きていた――。麻実は殺されてなどいなかった。安堵しながらも、だんだんと怒りが込み上げてきた。なぜこんな時間まで連絡がなかったのか。それ以前に、子供の面倒を見させておいて、どうして何も挨拶《あいさつ》がなかったのか。そもそも、夫である伸彰に、なぜああもつらく当たるのか。

言いたいことを飲み込んで、夏葵も侑悟もたくさん手伝いをしてくれたと褒めておく。麻実はここ数日仕事が立て込んでいて、ずっと連絡ができなかったのだと詫《わ》びた。電話があった時間は出勤途中だったのだという。

「二人は仲良く遊んでるけど、伸彰は今、ちょっと近くにいなくて……麻実さん、手の空いた時でいいから電話してあげてよ。なんかあの子、少し疲れてるみたい。元気がないっていうか」

それとなく様子がおかしいことを伝えようとした。すると麻実が「それはそうだと思いますよ。それくらい反省してもらわないと」と意味深な発言をした。

伸彰が何かしたのかと尋ねると、麻実は苦々しげに答えた。

「お義姉《ねえ》さんだから言いますけど、伸彰さん、浮気をしていたのが最近になって分かったんです――今から四年も前のことなんですけど」

三か月ほど前、麻実は伸彰の私物を片づけていて、その中に見慣れない企業名の入った封筒を見つけたのだという。自分に黙ってサイドビジネスにでも手を出したのではと疑った麻実は、封筒を開けてみた。中には四年前の日付のＤＮＡ親子鑑定の鑑定書が入っていた。妊娠した子供の父親が伸彰であることを示すもので、奥さんとは離婚しなくてもいいから認知をしてほしいという、交際相手の女性からと思われる手紙が同封されていたそうだ。

　麻実が問い詰めると、伸彰は数年前に同じ職場のアルバイトの女性と浮気していたことを認めた。相手の女性を妊娠させたが、結局は流産し、その女性とも別れていると打ち明けた。すでに向こうも他の男性と結婚しており、慰謝料請求などはしないでやってほしいと土下座されたそうだ。

「その相手、当時はまだ学生だったんですよ。奨学金だけじゃ学費が払えないって言われて、援助までしていたらしくて。そんなひと回りも下の女に手を出して、もう本当に、情けなくて」

　麻実は子供たちの前で伸彰を散々非難した上で、もう二度と浮気をしないこと、この夏休みは子供たちの世話や家事をすべて伸彰が担当することを約束させて、離婚せずに許したのだという。

「まあ、おかげで前よりは真面目に家事もやってくれてますよ。伸彰さん、洗濯物のしわを伸ばさずに干すような人だったから」と、麻実はため息まじりに付け加えた。

　そんなことがあったから、伸彰はあんなにも疲れ果て、消沈していたのか。昨日早く着きすぎたというのは、麻実と顔を合わせずに出発したかったからなのかもしれない。子供たちの様子が変だったのも、母親が父親を責める様を見て、伸彰が家族を裏切ったことを察したせいとも考えられる。もしかすると三年前の伸彰の転職には、その出来事も関係していたのではないか。

色々なことが腑《ふ》に落ちて、私は気が抜けたようにぽかんと口を開け、白い雲を浮かべた夏空を見上げていた。あんなあり得ない想像までして、本気で弟が妻を殺したのではないかと一瞬でも考えた自分が恥ずかしかった。

だが一つ、今の話の中で気になったことがあった。独身で妊娠経験のない私には分からないことだったので、弟がしでかしたことを詫びつつも、麻実に尋ねる。

「DNA鑑定って、妊娠中にできるものなの？　どうやって胎児のDNAを採取するの？」

「ああ、それって母親の血液を採取するだけでできるんですよ。妊娠初期から、母親の血液中には胎児のDNAが混ざっているらしくて」

身内からも謝罪され気が治まったのか、あっけらかんとした口調で教えてくれた。

その返答を聞いて、胸の奥底から黒い不安がもやもやと湧いてきた。

伸彰は四年前、子供の認知を迫る浮気相手の女性の血液を、菱田神社の石に捧げたのではないか。その血液には胎児のDNAが混ざっていて、だから胎児の命が断たれたのではないか。

晴香の時もそうだった。菱田神社のおまじないは、半分だけ効くのだ。

まだ腕に残る小さな歯形に目を落とす。仮に四年前に胎児だったとすれば、今、三歳くらいになっているのは、計算が合う。

テントを叩くぱたぱたという音と、息の抜けた笑い声が耳に蘇《よみがえ》る。

死んだ子も、年をとるものなのかとぼんやりと思った。

骨《ほね》 煤《ずす》

一

「誠治《せいじ》、おめえ、何を勝手なことしてくれとんじゃ！」

兄の啓介《けいすけ》は、綿の潰《つぶ》れた小豆色の座布団《ざぶとん》にどっかりと腰を下ろすなり喚《わめ》き立てた。四十半ばを過ぎてだいぶ広くなってきた額に青筋を浮かせ、鼻息を荒くしている。

小さな目と、横に広がった形の低い鼻。年をとってから、ますます父に面差しが似てきた。得意先への配達を終えたその足でやってきたのか、首には兄が経営する酒店の店名入りのタオルが掛かっている。

兄が黙っていないだろうと覚悟はしていたが、こんなに早く怒鳴り込んでくるとは思わなかった。ペットボトルの麦茶を注《つ》いで出したが、手をつける気配はなく、コップが汗をかいている。座卓の向かいから俺を射抜く鋭い視線に身をすくめながら、おずおずと、どこで知ったのかと尋ねた。

「津山《つやま》の叔母さんが、嫁に電話寄越したんじゃ。お義父《とう》さんを施設に入れてせいせいしたじゃろう、ゆうてな」

余計なことを口にする人間というのはいるものだ。きっと父を入所させたグループホームのスタッフか入所者の家族で、父のことを知っている者がいたのだろう。そいつから話が広まって、親類の耳にまで入ったのだ。

自分の妻が謂《いわ》れのない非難を受けたことも、兄の怒りの原因となっているのだろう。父の妹である叔母は、この岡山県真庭《まにわ》市にある六浦《むつうら》家から、隣の津山市に嫁いでいた。昔からきつい性格で、四年前に亡《な》くなった母も、何かと嫌味を言われていた。

六浦家は、合併前は村だった真庭市北西部の山間地域で、昭和の始め頃から林業を営んできた。旧家と言えば聞こえはいいが、実際のところはただ古くからあるというだけで、特に栄えた家というわけでもない。その家業である林業すら、輸入材による木材の価格の下落で採算が取れなくなったからと、俺たちの父の代で廃業してしまっていた。築八十年のこの実家も、広いばかりで手を入れる余裕がなく、あちこちガタがきている。

不機嫌そうに顔をしかめたまま、ようやく麦茶に口をつけた兄に、「相談もせんですまんかった」と、まずは素直に詫《わ》びた。

「じゃけど兄貴、俺も限界だったんじゃ。この先どうしたらええかと途方に暮れてケースワーカーさんに相談したら、そのタイミングで、グループホームに空きが出たもんで」

なるべく情けない顔を作り、うなだれてみせる。八歳上の兄は、こうして下手《したで》に出なければ話も聞いてくれない。自分一人で父の介護と仕事を両立するのは無理だということは、もう何度も訴えていた。だがこれまで、兄はまともに耳を貸そうとしなかった。だからこうして、施設への父の入所を強行するしかなかったのだ。

「今の状態の親父じゃ、一人にはしておけん。元々は身の回りのことができるようになるまでの間だけ、俺が見るって約束じゃったろう。介護休業もうちの会社の規定じゃあ、これ以上は取れん」

兄の顔を見ないようにしながらも、このことだけはきっぱりと言い切った。

昨年末、七十六歳になる父が脳梗塞《のうこうそく》を発症した。母はその三年前に虚血性心不全で就寝中に突然死しており、父は真庭市の実家で一人暮らしをしていた。

ちょうど兄夫婦が帰省していた時にめまいと手の痺《しび》れが出て気づいたとのことで、

一命は取り留めたものの、左半身の麻痺《まひ》と言語障害の後遺症が残った。だが父は、退院後は自宅に帰りたいと、会話は不自由ながらも筆談ではっきり意思表示した。以前から兄に対しても、施設などに入るのは御免だと言い張っていたのだという。

兄は父の入院期間中に工務店に相談し、家のあちこちに手すりをつけたり、玄関にスロープを作ったりと、リフォームを施した。住宅設備機器メーカーに勤務する俺も、深くて狭い実家の浴槽をバリアフリータイプのものに交換するなど協力したつもりだった。だがそれだけでは済まず、兄は残業中の俺の携帯にわざわざ電話を寄越すと、頼みたいことがあると切り出した。四十手前となって独り身の俺に、再び父が一人暮らしをできるようになるまで、自宅で介護してほしいというのだ。

「わしや嫁は商売しよるけえ、どうしても頻繁にはそっちに行かれん。会社勤めなら、介護のためじゃゆうて休みは取れるじゃろう。なんとかおめえがしばらく、面倒見てくれんじゃろか」

兄は高校を卒業後、岡山市内の食品メーカーに就職し、その会社で知り合った女性と若くして結婚した。彼女の実家は長年、岡山市の隣の総社《そうじゃ》市で酒類の卸売と小売を行う商店を営んでいた。その両親がある時揃《そろ》って体を壊し、それをきっかけに兄夫婦が店を継いで、以来二十数年、堅実に商売を続けてきた。俺が高校生の時に産まれた二人の息子は、今は社会人となって独り立ちしている。

「今の調子でリハビリしとりゃ、また一人で暮らせるようになるとお医者の先生も言うとったがな。そうなったらおめえは、週に一度くらい顔を出してくれりゃあええ」

リハビリ病院の入院期間は二か月までと決まっていた。その期間が終われば、退院した父は自宅に戻されることになる。

総社市の兄の家から真庭市の実家までは、車で一時間半の距離だ。夫婦二人で配達と小売をしているのでは、父親の介護には到底手が回らない。

「わしは高卒で働きに出たが、おめえは大学まで出してもらっとろうが。ここらで親父に、恩返ししちゃってもええんじゃねえか」

俺が返事に困っていると、兄はそんなことまで持ち出して、頼むというより脅すような口調になった。確かに兄の言うとおりで、大学に進みたいと打ち明けた時、普段から俺にはあまり関心のなかった父が、予備校に通う費用まで出してくれた。だがそれは、母が俺を進学させてやってほしいと、一緒に頼み込んでくれたおかげだった。

俺が働く住宅設備機器メーカーでは、介護休業制度に加えて、一部の業務は在宅勤務を選択することもできた。父に対して色々思うところはあったが、そうして兄に説得された俺は、父の在宅介護のために住んでいたアパートを引き払い、真庭市の実家に居を移した。

だが——。

病院でのリハビリ期間を終えて退院した父との二人暮らしが始まると、そこには想定した以上の苦難が待ち受けていた。

俺は顔を上げると、兄の目を見据え、この数か月で積もりに積もった憤懣《ふんまん》をぶちまけた。

「兄貴は、リハビリすりゃ親父が一人暮らしできるようになる言うたけど、やってみりゃあ分かるで。あの親父の性根《しょうね》じゃ、どうにもならん」

強い口調でそう断言する。約半年に及んだ父の介護生活の中で、もっとも実感したことだった。

「そりゃおめえが言うように、ちょいちょい難しいところがあったろうが、親父が人の話を聞かんちゅうのは昔からじゃし、しようのないことじゃろ。じゃけど退院して、おめえに介護されるようになってから親父が弱ってしもうたことに関しちゃ、わしはやっぱり納得できんで」

兄は俺の剣幕にほんの少し怯《ひる》んだ素振りを見せながらも、不満げに首のタオルで額に浮いた汗を拭《ぬぐ》った。そして握りしめた拳《こぶし》を座卓に置くと、身を乗り出す。

「退院した時に歩けとったのが、ほんの半年で、便所にも行かれんようになるもんかよ。おめえは親父に、何をしたんじゃ」

赤く充血した目がこちらを捉《とら》える。

俺だって、そんなことになるとは思わなかったと嘆きたいくらいだった。

たった一か月、自ら歩くことを怠った――。それだけで、父の足の筋力はあっけなく、そして急激に衰えてしまったのだ。

退院した時の父は、車椅子《くるまいす》がなくても杖《つえ》をついたり、手すりに掴《つか》まったりして、短い距離であれば自分の足で歩くことができた。だが自宅に戻ってからの父は、トイレに行く時以外、ずっと介護用ベッドの上で寝ているか、半身を起こしてテレビを見ているかといった具合で、外を出歩くどころか、家の中すら歩こうとしなかった。

退院時、なるべく自分でできることは自分でさせて、毎日歩かせるようにと医師から言われていたので、当然俺は父にそのことを伝えた。父は呂律《ろれつ》の回らない不明瞭《ふめいりょう》な発音で「親に指図すんな」と言い放ち、聞く耳を持たなかった。

「親父は外面《そとづら》がええけえ、病院ではどうにかリハビリをしとったようじゃが、この家に戻ってからは俺に命令するばかりで動こうとせんかった。歩きに出んと足が弱る言うても、杖ついて外を歩くんは格好が悪いと聞かんのじゃ。兄貴にも、そのことは何《なん》遍《べん》も相談したはずじゃ」

父の頑なさに困り果て、兄からも注意してくれるよう頼んだが、一度様子を窺《うかが》うような電話をしてきたきりだった。それを思い出してか、兄は気まずそうに目を逸らす。

そうして三十日の介護休業が終わる頃には、父はベッドから自力で降りることすら困難になっていた。

復職後はリモートワークを併用しながら勤務できるように取り計らってもらえたが、週に二日は業務上、どうしても出勤しなければならなかった。また買い物などで家を留守にすることもある。トイレまで自分の足で歩いて行くことができない父を、長時間一人にはしておけない。それで市の地域包括支援センターに相談し、週三回、介護ヘルパーを頼むことになった。

「ヘルパーさんの話じゃと、親父みたいに退院後に状態が悪うなることは珍しゅうないそうじゃ。昔から親父はおふくろにあれこれやらせて、自分はじっと座っとるだけじゃったろう。そういうんが自宅介護になると、家族に頼り切ってなんもせんようになるんじゃと。一か月も動かんでおったら、あっという間に歩けんようになる言うとったわ」

ベテラン介護士の見解を伝えてみたが、兄には言いわけにしか聞こえなかったようで、「ならそうならんように、おめえがきっちり看《み》てやりゃ良かったんじゃ」と不服そうに唇を曲げる。口を出すだけで実際の介護に接していない兄には、人にやらせてできることには限界があると、理解できないのだろう。

結局のところ、リハビリは本人にやる気がなければ、周りからは手の出しようがない。言ってもやらないからと、無理やり立たせて歩かせるなどということはできないのだ。介護のプロの手を借りても、それは絶望的に変わらなかった。

仕事と家事をこなすかたわら、介護士から教わった座ったまま足を動かすなどのリハビリをさせようとしたが、父はむっつりと黙って首を横に振るばかりで従わなかった。介護士の方でもやんわりと自分で食事をさせようとしたり、筋力を落とさないようゴムボールを握る運動をさせたりと協力してくれたが、父は面倒がって続けようとしなかった。

そうして歩けなくなってからの父は、もう何もかもが悪くなる一方だった。昼でも夜でも、排泄《はいせつ》のたびにチャイムを鳴らして呼ばれ、大急ぎで車椅子でトイレに連れて行ったが、幾度も間に合わずに失敗させてしまった。それでやむなく父の了解を取って、おむつを穿《は》かせることにした。介護士も、その方がお互い負担がないだろうと言ってくれた。父はそれからほとんどの時間をベッドでうとうとと寝て過ごすようになり、テレビも見なくなった。食事も自分でとろうとせず、口に運んでやっても、ほんの少しの量しか食べなくなった——。

それ以上はもう、どうにも無理だった。

仕事をしながら、父の世話をすることが負担だったというだけではなかった。回復しようという気も、その見込みもない。そんな父を介護し続けることに、俺は耐えられなかった。

「納得できんのじゃったら、兄貴も入所先を探してくれたケアマネさんに話を聞いてみたらええ。親父の今の状態は要介護3じゃ言うとったで。自宅で、手伝ってくれる人もおらんで介護するんは、厳しいじゃろうって」

「じゃけえわしはおめえに、早よ結婚せえ言うたんじゃ」

見当違いな非難の言葉を口にすると、苛立《いらだ》たしげに息を吐き、床の間の横の仏壇へと顔を向ける。これだけ話しても何も分かってもらえないのかと、徒労感に沈みながら、その視線を追った。俺の身長ほどもある古くて大きな仏壇は、曾祖父《そうそふ》の代からあるものだ。

「おめえはおふくろのことで、親父を恨んどったろう。おふくろが早くに死んだんは、親父がつらく当たって、無理させたせいじゃ言うて」

兄の言葉に釣《つ》られるように、鴨居《かもい》の上にかけられた母の写真を見上げた。少し垂れた大きな目に丸っこい鼻。小さめの唇の端をほんのちょっと上げて、歯を見せずに微笑《ほほえ》むのが母の笑い方だった。

俺は兄と違い母親似で、兄弟でずいぶん顔が違う、本当にお父ちゃんの子かと、嫌味な叔母に意地の悪いことを言われた。だが母親っ子の俺にしてみれば、大好きな母に似ていることは、ただただ嬉《うれ》しかった。

手入れが楽だからと、常に髪を短く切り揃えていた母は、首に手拭いを巻いたいかにも田舎の嫁といった格好で、毎日忙しく働き回っていた。日に焼けた顔で、けれどそれだけは母なりのこだわりだったのか、小さな唇にいつもピンク色の口紅をつけていた。祖父母や父はそんな母を「似合いもせんのに」と馬鹿にしながら、絶えず横柄《おうへい》な態度でものを言いつけ、小間使いのように扱った。俺は母を邪険にする祖父母と父が、嫌でたまらなかった。

兄の言うとおりだった。こんな家に嫁いでこなければ、母はもっと幸せに、長く生きられたのではないか。母の突然の死から四年が経《た》っても、俺はいまだ無念な思いに囚《とら》われていた。

否定できずに黙っていると、兄はちらりと壁の時計を見て立ち上がった。

「まだ配達せんといけんとこがあるけえ、今日のところはこれで帰るが、親父をそんなんにしたんはおめえじゃってこと、忘れんようにな」

どれだけ説明を尽くしても、俺が言いたいことは兄には伝わらないようだ。半ば諦《あきら》めたような気持ちで、ああ、と応じる。強情な父にどう対処していいか分からず、状態を悪化させた。そのことで、俺がどんなに自分を情けなく思い、責めたか、兄には考えもつかないだろう。

慌《あわ》ただしく帰り支度を始めた兄は、建てつけの悪い引き戸を舌打ちしながら開けると、庭先に停めた白の軽トラックへと乗り込んだ。エンジンをかけ、パワーウインドウを下ろすと、見送りに出た俺に陰険な視線を寄越して言い捨てた。

「自分の親に、ようそんな仕打ちができたもんじゃ。誠治、おめえは地獄に堕ちるいい。いいでで」

二

兄の軽トラックが農道の先に小さくなっていくのを見送ったあと、座卓に残された麦茶のコップを流しに運んで洗った。集落一帯の水道水は山の湧水《わきみず》から取水しているため、蛇口から落ちる水は夏でも冷たかった。

仏壇の花の水替えをすると、濡《ぬ》れた手を拭い、日に焼けた畳に腰を下ろす。曾祖父、曾祖母、叔父、祖父、祖母と並んだ遺影の端に、仲間はずれのように少し離して飾られた母の遺影をもう一度見上げた。

悪いことをすると、地獄に堕《お》ちる。

よく子供のしつけなどにも使われる言葉が、この地域では少し違う意味を持っている。それを俺に教えてくれたのは母だった。

村の菩提寺《ぼだいじ》は、本尊は阿弥陀如来《あみだにょらい》だが、本堂の裏手に閻魔《えんま》堂が配されていた。小学校の低学年の頃、親類の法事で寺を訪れた際に、退屈そうにしていた俺を母が閻魔堂へ連れて行ってくれた。

ひんやりとした母の手を握り、乾いた木材と線香の匂《にお》いが漂う薄闇《うすやみ》に目を凝らした。そう広くないお堂の奥に祀《まつ》られた、眉《まゆ》を吊《つ》り上げ、真っ赤な顔をした閻魔大王の像は、だいぶ古いもののようだった。目の部分の色が剝《は》げ、そこだけぽっかりと穴が開いたように黒々としていて、子供心に恐ろしかった。

壁には地獄絵図が掛けられており、石で潰されたり、釜《かま》で煮られたりと、亡者《もうじゃ》が鬼に苛《さいな》まれ苦しむ様が、どこか拙《つたな》い筆づかいで描かれていた。裸で木の杭《くい》に縛りつけられ、やっとこで舌を引き抜かれようとしている女の亡者を、細い指で示して母は言った。

「この辺りじゃ、こうして悪いことして地獄に堕ちたもんには、《印》が出るんよ」

地獄に堕ちた者は、死後にその遺体にある《印》が現れる。その人物が悪人で、地獄に堕ちたということがはっきりと分かるのだと、秘密を打ち明けるように声をひそめて語った。

「亡くなったあと、火葬場で焼いてもらうでしょう。そん時にね、地獄に堕ちた人は、いいいいいいい骨が黒くなるんよ」

そう告げて、目を細めて地獄絵を眺めていた。地獄へ堕ちたらどうなるのか。この絵のように鬼にいじめられるのかと怯《おび》えた俺が尋ねると、母はピンク色の唇の端を上げて笑った。

「死んだあとのことは、誰にも分からん。でも私は、死んでからもこの世に縛られることの方が地獄じゃ思うわ」

母は昔からそんなふうに、俺にはよく理解できないことを口にした。それはおそらく母が、人に見えないものが見えたり、気配に気づいたりといった、不思議な感覚の持ち主だったせいなのではないかと思う。時々おかしなことを言うので、祖父母や父は、陰気で気味の悪い嫁だとそうした母を疎《うと》んでいた。

だが母の勘の鋭さは本物だった。例えばある時、津山の叔母のところに一緒に年始の挨拶《あいさつ》に行った母が、「ここは怖い」と路地を迂回《うかい》して遠回りしたことがあった。叔母の家に着いてから、従姉《いとこ》にあそこの路地で何かなかったかと尋ねてみたところ、「ニュースにもならなかったのに、なんで知ってるの」と驚かれた。つい先月、酔っ払いが路上で眠り込み、凍死したのだという。他にも「あの人の後ろにぼんやりした影が見える」と母に言われた近所の人が、のちに大病を患《わずら》ったということもあった。

そのような母の言動で、俺がもっとも忘れがたいのは、母が叔父の死を予見したことだった。

鴨居の母の遺影から、祖父と祖母のものを挟んで左手に飾られた叔父の遺影へと視線を移す。いつ撮られたものなのか、優しそうな目をしながらも、真面目《まじめ》ぶるように口元を引き締めた叔父がこちらを見返していた。

父の弟である叔父の克則《かつのり》は、小柄な父と比べて背が高く、がっしりとした体格で、高校時代はラグビー部で活躍していたという。隣町の家電部品工場に就職したが、六浦家がまだ林業を廃業する前は、土日に下刈りや枝打ちの手伝いにきていた。

ぼさぼさ頭で無精髭《ぶしょうひげ》を生やしていて、見た目は少し怖いのだが、無口でいつも不機嫌そうな父と違って、朗らかな明るい人だった。祖父母や父のように母に嫌な態度を取ることもなく、俺ともよく遊んでくれたので、子供時代の俺は毎週末、叔父に会えるのを楽しみにしていた。

「昨日の夜、克則さんが、枕元《まくらもと》に立っとったんよ」

中学に上がったばかりの夏休みのことだった。当時所属していた陸上部の練習に行くのに朝から支度をしていると、母が不安げな顔でそんなことを打ち明けてきた。

「叔父さん、こっち帰ってきとったん？」

叔父は俺が小学三年生の時、働いて貯《た》めたお金で事業を始めることにしたとかで、広島に行ってしまった。それ以降は仕事が忙しかったのか、盆も正月も、一度も帰ってこなかった。七月の終わりのことで、お盆の帰省には早いので意外に思った。

尋ねた俺に、母は困ったように首を横に振ると、「分からん」と言った。

「叔父さん、謝っとったんよ。ごめんなさい、ごめんなさいって。それで、すうっと消えてもうて」

心配そうに漏らし、小さな唇を噛《か》むと目を伏せる。要領を得ない話に、不穏な思いに駆られながらも、集合時間が迫っていたので俺はそのまま家を出てしまった。そして部活を終えて帰ると家の敷地に、警察のバイクが二台停まっていた。

叔父が家の二階の納戸《なんど》で、首を吊った状態で発見されたのだという。すでに手遅れだったため、救急車ではなく警察を呼んだとのことだった。

そこは廊下の突き当たりにある、日頃使わないものを仕舞っておく納戸だった。たまたま祖母が来客の際に必要な食器を出そうとして、奥の梁《はり》に縄をかけてぶら下がっている叔父を見つけることになったのだという。

祖母は行くなと言ったが、それを振り切って二階へ上がった。叔父の遺体はすでに降ろされ、毛布をかけられた状態で、俺の部屋の真ん前の廊下に横たえられていた。何か生ものが饐《す》えたような、嗅《か》いだことのない嫌な臭《にお》いが漂っていて、俺は息を止めて叔父の体を見下ろした。

元々、背の高かった叔父だが、ずいぶんその体は長いと感じられた。眺めるうちに、頭部の膨らみと胸の膨らみの位置から、叔父の首が伸びているのだと気づき、膝《ひざ》が震え始めた。

警察に事情を聞かれていた父が、その場に立ち尽くす俺を見て、さっさと下に行けと怒鳴った。脚が言うことを聞かず、階段を転げ落ちそうになりながらそこから離れた。

のちに兄から、叔父が広島に行ったあとのことを聞かされた。叔父は畑違いの飲食店の経営に手を出したものの、店を潰して借金で追い詰められていたのだそうだ。たちの悪いところからも借りていたようで、あちこち逃げ回った末、生家まで逃げてきて首を縊《くく》ったらしいということだった。

追って到着した刑事が検視を行い、遺体にも現場にも不審な点はなく、叔父の死は改めて自殺であると断定された。こうした状況なのでどこにも案内は出さず、ごく近しい身内だけで見送ることとなった。

仏間に安置された棺《ひつぎ》の中を覗《のぞ》くのが恐ろしかったが、葬儀屋が上手《うま》く首元を隠してくれて、どうにか顔を見ることができた。髭を剃《そ》られ、髪を整えられた叔父は、俺の知っている叔父とは別の人のように見えた。

一夜明けて出棺となり、俺も一応は男手として、叔父の棺を運び出すのを手伝った。火葬場に着いて最後の読経《どきょう》が終わり、棺が火葬炉に納まると、待合ロビーで大人たちは皆、苦々しい表情で黙り込んでいた。母だけがただ一人、仲間はずれのように窓際《ぎわ》に立ち、煙突から昇る煙を見上げていた。

職員に呼ばれ、収骨室に入ると骨上げ台が運ばれてきた。俺はそこで、生まれて初めて《地獄に堕ちた者》の骨を見ることになった。叔父のお骨は、明らかにその一部が、煤《すす》でも擦《こす》りつけたようにあちこち黒ずんでいた。

「不義理なことをするけえ、地獄に堕ちよったんじゃ」

眉根を寄せて弟の骨を眺めた父は、冷たい声で吐き捨てた。母はそんな父を、悲しげな顔で見つめていた。

帰りのタクシーを待つ間、再び待合ロビーに集まった親族たちの中で、やはり母だけが少し離れて窓際に立っていた。祖父母や叔母や父が母に邪険な態度を取るのは昔からだったが、この頃は兄も実家を出ていたからか、母と距離を置くようになっていた。俺はなんとなく味方になりたいような気持ちで、母の隣に立った。その時には俺は、母よりも身長が高くなっていた。

ふと、横にいる母の視線が火葬場の建物ではなく、その右手に広がる林の方へ向けられているのに気づいた。同じ方向に目を凝らすと、立木の中に白っぽい服を着た人の姿があった。

初めは背の低さから、子供なのかと思った。だがよくよく見ると、その人物はこちらに向かって深々と腰を折り、頭を下げているのだと分かった。その頭部は、足元の地面につきそうなほど低い位置にあり、ぶらんぶらんと揺れていた。よほど体が柔らかいとしても、人間の体はそんなふうにはならない。

首がいいいいいいいいいているからだ。

「あんたも、見えよるんね」

耳元で響いた声に、はっとしてそちらを向いた。母はなぜか、これまで目にしたことのない華やいだ表情で、俺の顔を覗き込んでいた。

「可哀想《かわいそう》にあの人、縛られてもうたんじゃろうねえ」

そう続けると、母は小さくため息を漏らす。再び林の方を見たが、そこにはもう何もいなかった。母は父や親族たちの方をちらりと振り返ると、ピンク色の唇に人差し指を近づけ、「余計なことは言わん方がええよ」とささやいた。

それからもたまに、おかしな気配を感じたり、物音を聞いたりということはあったが、俺があれほどはっきりと異様なものを見たのは、その一度きりだった。だが《地獄に堕ちた者》の骨は、それから八年のち、認知症となって母に介護されていた祖母が、自宅で息を引き取った際に見ることになった。

親族たちが一様に無言で骨上げをしたあと、母は俺にだけ聞こえるような声で耳打ちした。

「この家の者《もん》は悪いことばかりしよるけえ、そうなる因果なんじゃろ。ご先祖さんが何かしたのか知らんが、逃れられんのよ。あんたは働きよったら、出てったらええんよ」

その時の母の言葉もあって、俺は真庭市内に就職しながらも、実家を出てアパートで一人暮らしすることを選んだのだろう。

並んだ遺影を見上げ、あれこれと昔のことを思い起こすうちに、気づけば時間が経っていた。暑がりの兄のためにつけていたエアコンを切ると、縁側のサッシ戸を開けて網戸にした。近頃やっと涼しくなってきた風が吹き込み、鴨居に吊るされた風鈴を鳴らす。

久しぶりに顔を合わせて話をして、兄は性格まで父に似てきたのではないかと感じた。父は昔から人の話を聞こうとせず、しばしば感情的になって大きな声を出したり、物に当たったりした。

特に酷《ひど》かったのは、俺が小学校中学年の頃だ。当時家業が傾きかけていたことが原因だったのか、急に酒量が増えた父は、毎日のように酒を飲んでは暴れ、母に対して手を上げないまでも、「この家から出ていけ」などと心ない言葉を投げつけた。その時にはすでに叔父は広島に住んでおり、父を止められる者はいなかった。そんな両親の姿を見て育ったことで、兄にうるさく言われても結婚をしようという気が起きなかったのかもしれない。

それから何年かして家業を廃業する頃には、父もだいぶ落ち着いて、母を罵《ののし》るようなことはなくなった。晩年二人で暮らすようになってからは、毎日連れ立って買い物に行ったり、一緒に旅行に出かけたりと、側《はた》から見れば穏やかな老後を送っていた。

まだこれから何年も夫婦で過ごすはずだった母に突然先立たれ、父はどんな思いで、この家に一人で暮らしていたのだろう。

俺に介護されることになって、父があのようにわがままで横柄な態度を取ったのは、ある意味、俺に甘えていたのかもしれない——母にそうしていたように。

そう考えると、少しだけ父が不憫《ふびん》に思えた。


昔のことを思い出したせいか、その晩はなんということのない家の軋《きし》む音が、廊下の奥の納戸から聞こえている気がして、なかなか寝つけなかった。ようやく寝入ったものの、眠りが浅かったのだろう。深夜、高いところから落下するような感覚で目を覚ました。

目覚める直前まで、どこか足場の悪い場所を、恐ろしいものに追われて走っていた。寝起きのぼんやりした頭で、それは夢で、自分は布団の中で横になっているのだと把握する。徐々にくっきりしてくる視界の先に、扇風機のリモコンと携帯電話、ローテーブルの脚が見えた。

いまだ動悸《どうき》がおさまらず、鼻で大きく深呼吸した。おかしな夢を見たせいか、手に脂汗《あぶらあせ》がにじんでいる。枕に押しつけた左耳で、金属音のような耳鳴りがしていた。そして反対の右耳では、ざわざわとした妙な気配を感じていた。

なんだろうと首を右へ回し、仰向けになる。すると異様なものが目に飛び込んできた。

誰かが、こちらを覗き込むように首を倒し、枕元に立っていた。

その人物は、白っぽいワンピースのようなものを着ており、長い黒髪を垂らしていた。丸みのある体格からして女性のようだった。だがこれだけ近い距離にあっても、顔はよく見えない。その女がいやいやをするように、激しく頭を左右に振り続けているからだ。

叔父を火葬した日、林に立っていたものと同じで、生きている人間でないことは明白だった。叫び声を上げそうになり、喉《のど》がぐうっと鳴った。

見てはいけないと強く感じながら、体が動かなかった。誰なのかは分からない。だがこの黒髪は、もしかすると——。

ある可能性に思い至った瞬間、女の腕が動き、俺の方を指差した。青白い顔にかかる乱れた黒髪を透かして、唇がぱくぱくと魚のように動いているのが見える。

いったいなんと言っているのか。小さな唇を見つめるうち、耳鳴りがさらに強くなり、意識が遠のいていった。

三

翌朝、六時に携帯のアラームの音で目を覚ました。すでに日は昇り、レースカーテン越しの朝陽が柔らかく室内に差している。扇風機も、在宅勤務の際にはノートパソコンを置いて机代わりにしているテーブルも、いつもと何も変わりはなかった。

やけに重い体を引きずるように布団から出て顔を洗った。出勤の支度をしながら、昨晩のあれはなんだったのかと考えていた。

自分の近しい人に、あのような女はいなかった。けれど女は、必死で自分に何かを訴えていたように感じた。それに、あの長い黒髪は——。

父に何かあったのかもしれないと、強い不安に襲われた。まだ早い時間だが、父の入所するグループホームに電話をかける。

「はい――ああ六浦さんですか。おはようございます。お父さん、今、朝ご飯を召し上がっているところですよ。よく食べてくれてます」

スタッフに明るい声で応対され、拍子抜けした。何事もなくて良かったと安堵《あんど》しながら、会社帰りに面会に寄ると伝えて通話を切った。

この日は始終落ち着かない気持ちで、設備取り付けの委託業者に工事日を間違えて伝えるなど、同僚に具合でも悪いのかと心配されるような有様だった。午後に提携先のハウスメーカーを訪問し、新商品の説明を終えて会社に戻ると、翌朝の打ち合わせで使う資料だけ準備して、残業はせずにホームに向かった。

会社からグループホームまでは車で二十分ほどの距離なので、六時半に着いた時には、まだ父は夕飯を食べているところだった。

「親父の好物のつくねを買ってきたんですけど、食べられそうですかね」

「ええ、六浦さん、最近本当によく食べてくれるんで、大丈夫だと思いますよ。六浦さんも好きなものの方が食べたいでしょうし。もし残しちゃったら、あとで片づけますんで」

食事の介助をしてくれていた白木《しらき》という若い男性スタッフに代わって、父の隣の席に座る。まだ温かい鶏つくねを串《くし》から外すと、割り箸《ばし》で半分に割り、袋の中のたれを絡《から》めて父の口に入れてやった。

「美味《おい》しいじゃろ。あそこの焼き鳥屋のつくね、好きじゃったもんな」

父の口の端についたたれをおしぼりで拭いながら、聞き取れるようにゆっくりと話しかける。表情は変わらなかったが、不機嫌そうではない。つくねを飲み込んだ父が、次を催促するように口を開けた。その瞬間、例の黒髪のことを思い出した。

すいません、と先ほどの白木に声をかける。「どうしましたか」と戻ってきた彼に、気掛かりだったことを尋ねた。

「親父、最近は髪の毛を食べたりしていませんか？　自宅で介護していた時、よく口の中に髪の毛が入っとることがあって、どうもそういう癖があるみたいで」

父がほとんど寝てばかりいるようになった頃のことだ。父の唇から、髪の毛の端が覗いていたことがあった。何かの拍子に口に入ってしまったのだろうと思ったが、あまりに頻繁に起きるので、ヘルパーの介護士に相談した。

「それ、異食ですね」と俺より一回り近く歳上のベテラン女性介護士は、たまにあることだとして説明してくれた。

「認知が衰えてくると、食べ物でないものを口にしてしまうことがあるんですよ。やっぱり寝たきりの状態が続くと、どうしても脳の方にも影響が出てしまうんで、一度お医者さんに診てもらった方がええでしょうね」

父が髪の毛を食べてしまうこと自体は、さほど珍しいことではなかったらしい。髪の毛を落としておかないよう掃除をすること、空腹にならないように食事を小分けに与えることなど、介護士は対策を教えてくれた。

だが、俺が気になっていたのは、異食行為そのものというよりも、父の口の中から出てくる髪の毛の形状だった。それらはいずれも、黒く長い髪の毛だった。

俺は短髪だし、父は短い上に白髪頭だ。介護士はというと短めの明るい色の髪にパーマをかけている。黒く長い髪の毛が、家の中にしょっちゅう落ちているはずがないのだ。

このことは、相談して解決することではないと思えたので、介護士には言わなかった。その後も時々、父の口の中から長い髪の毛が出てくることがあったが、俺は深く考えないようにしてそれらを捨てるだけにした。

白木によれば、現在では異食の行動は見られないとのことで、その点は安心した。だが続けて彼は、「そう言えば、別件でちょっと気になったことがありまして」と切り出した。

「六浦さん、たまに夜中に目を覚まして、大声で叫ばれることがあるんです。何か凄《すご》く怯えた様子で、首を左右に振っておられて——それで、どうしたんですかって聞いたら、筆談用のホワイトボードに平仮名で『じごく』って書かれたんですよね。なんのことだか、心当たりありますか？」

先ほどよりの標準語に近い話し方からして、彼はこの辺りの出身ではないようだ。俺は「そういう迷信があるんですよ」と、かいつまんで説明してやった。

「火葬場で焼かれた時に、骨が黒くなると、それはその人が地獄に堕ちた印じゃって言われとるんです。祖母——父の母がそうじゃったもんで、自分が死んだ時に地獄に堕ちやせんかと、怖がっとるんかもしれません」

俺の話を聞いた白木は、考え込むような表情になった。気味の悪い話を聞かされて、どう返して良いか分からずにいるのかと思ったが、彼は不意に「失礼なことを聞きますけど……」と前置きして尋ねた。

「その、骨が黒くなったという六浦さんのお母さん、体格が大柄だったり、太っていたりしませんでしたか？」

なぜそんなことを聞くのかと怪訝《けげん》に思いながら、「背は小さかったけど、太っとりましたね」と正直に答える。白木は納得がいったというふうにうなずくと、「だったらそれ、地獄に堕ちたなんて、そんな理由じゃないですよ」と苦笑した。

「僕、以前は葬祭業の会社で働いてたんです。それで何度か、そういう黒く変色したお骨を見たことがあって。別におかしなことじゃないんですよ。そうして黒くなるのは、体の大きい方や脂肪の多い方の場合、ご遺体が不完全燃焼になりやすいからなんです」

白木に事の真相を知らされ、俺はどうしてこれまで、あんな話を疑いもせず鵜呑《うの》みにしていたのだろうと馬鹿馬鹿しくなった。

確かに祖母は昔から太っていたし、叔父は大柄な体格だった。六浦家の人間が火葬された時にたびたび骨が黒ずむのは、母が言った「悪いことばかりした因果」や「先祖が何かをしたから」などではない。単にみんな体が大きかったという、遺伝のためだったのだろう。

しかし——と俺は疑念を抱いた。亡くなる直前は胃がんで入院していて、多少痩《や》せてはいたものの、祖父はかなり大柄だったはずだ。だが火葬した際、骨上げ台に載せられてきた骨は、少々茶色がかったところはありながらも、ほぼ真っ白だった。あれだけ祖母と一緒に嫁である母をいじめていたのにと、当時高校生だった俺は苦々しく思ったものだ。

そしてそれ以上に、腑《ふ》に落ちないことがあった。

四年前に亡くなった、あんなにも小柄で細かった母の骨は、どうして真っ黒に変色していたのだろう。

四

父をグループホームに入所させてから、俺は週に一度は仕事帰りに父を見舞い、好物の鶏つくねやお好み焼きなどを差し入れた。もう食が細くなっていて味見程度しか食べられなかったし、言葉を発したり、表情を変えたりすることもなかった。それでも時間を作って通い続けたのは、父をホームに入れたことへの負い目と、自分くらいは行ってやらなくてはという義務感からだ。兄にはグループホームの場所と、面会は自由だということを伝えてあったが、「不憫《ふびん》になるけえ、あんなところはよう行かん」と、一度として顔を出すことはなかった。

そうして三か月が過ぎた頃だった。師走《しわす》に入り、ボーナスシーズンの買い替え需要と、急な冷え込みで稼働《かどう》が増えて故障した給湯器の修理依頼が重なった。大忙しでその対応に追われていた俺の携帯に、グループホームから着信があった。

「白木です。六浦さん、ちょっと意識の混濁がありまして、今から救急車で総合病院の方へ運びます」

つい三日前に会いに行った時は、どこにも変わったところは見られなかった。思いがけない知らせに動揺しながら上司に事情を伝え、兄にも連絡をした上で病院に向かった。医師から検査の結果を見せられ、脳出血だと説明を受けた。手術同意書に署名し、手術室へ入る父を見送ったあとは、テーブルと椅子があるだけの狭い家族待合室で待機していた。ほどなくして着慣れない風情《ふぜい》のワイシャツにブルゾンだけを羽織った兄が、ばたばたと到着した。

「親父、どんな具合じゃ。助かりそうか」

答えようのない質問に、分からん、と返す。

「今、手術しよるけえ。じゃけどネットやなんかで調べてみると、すでに脳梗塞をやっとる場合は、後遺症なんかも重くなると書いとるな」

テレビも新聞もない、することのない待合室で、俺はただひたすらに胸の詰まる思いで、脳出血の予後についてモバイル検索した記事を読み漁《あさ》っていた。

「ほんなら、ある程度は覚悟せんといけんのう」

息をつくと、兄は俺の向かいの椅子を引いて座った。

「店を昼から休みにして、配達は嫁に頼んできたけえ、今日は帰らんでも大丈夫じゃ。

こっちに泊まっていくで」

「ああ、そうしてくれや。手術が何時に終わるか分からんし」

兄が来てくれたので、一旦《いったん》会社に戻り、業務の引き継ぎをした。明日はおそらく出社できない旨《むね》を伝えると、「気にせんでお父さんについててやれ」と上司や同僚たちに気づかわれた。

「出血は止まっているのですが、脳幹が圧迫されておったので、もしかすると意識は戻らないかもしれません。これからのことは、術後の経過を見ながら相談していきましょう」

手術終了後、そのように医師から説明された。兄と二人で病院を出ると、敷地に隣接する駐車場へと歩いて向かう。

「スーパーでも寄ってこうか。外で食う気分でもないし、なんぞ作るんも面倒じゃろ」

兄の提案でスーパーに立ち寄り、半額になった握り寿司や惣菜《そうざい》、缶ビールなどを買い込んだ。家に帰り着いたのは八時半頃だった。

買ってきたものをパックのまま居間の座卓に並べると、二人で缶ビールを開けた。

兄と酒を飲むのは、昨年の正月以来だった。黙っているのが落ち着かなくてテレビをつけると、ちょうどやっていたスポーツバラエティ番組にチャンネルを合わせた。兄のひいきの野球チームの選手が出ており、しばらくはプロ野球の話や、秋の高校野球の話などをしていた。

会話が途切れ、ビールに口をつけた時、病院を出る前に少しだけ見ることができた父の顔が思い浮かんだ。父の手術は六時間に及び、夜の七時を過ぎてようやくＩＣＵのガラス越しに面会が叶《かな》った。たくさんのチューブが繋《つな》がれた姿を目にし、じんわりと胸が熱くなった。父が生きていてくれたことに、心底ほっとしていた。

「今のグループホームは、寝たきりになっても入っておれるんか」

ぽつりと兄が尋ねてきた。「難しいじゃろうな」と正直なところを答える。父が入所していたホームは、重度の認知症や寝たきりの状態では申し込めないと最初に説明を受けていた。

「そうなると、どっか新しいところを探さんといけんのう」

途方に暮れたように言うと、兄は雨漏りの染《し》みが浮いた天井を見上げた。

「寝たきりとなると、要介護5じゃ。この近くでは見つからんと思う。まあ、また支援センターで相談してみるわ」

そうか、と呟《つぶや》きながら首を回した兄の視線が、鴨居の母の遺影に留まった。そして見比べるように、今度は向かいに座る俺を眺める。

「おふくろも親父も小柄じゃったけど、おめえはじいちゃんに似たんかな。叔父さんも、だいぶ背は高かったのう」

「なら俺も、地獄に堕ちるじゃろうな」

兄がぎょっとした顔になったので、慌てて俺は葬儀会社で働いていたというグループホームのスタッフから聞いた話をしてやった。太っていたり大柄だったりすると遺体が不完全燃焼になるという説明を聞いて、兄は呆《あき》れたようにため息をついた。

「何を言い出したか思うたわ。わしはてっきり、おめえが——」

言いかけて、はっとした顔になる。それから兄はもう一度、鴨居の方を見ると、考え込むように自身の顎先《あごさき》に指を当てた。そしてこちらへ向き直る。

「あのなあ、誠治。おめえはおふくろのことが好きじゃったけえ、今まで言わずにおいたことがある。けど、親父が生きとるうちに、聞いといた方がええかもしれん」

酒にあまり強くない兄は、飲むとすぐ顔が真っ赤になるのだが、目つきはしっかりしていて、それほど酔ってはいないようだった。兄が何を言おうとしているのかは分からなかったが、大事な話らしいと察し、テレビを消した。続きをうながすと、兄はゆっくりと話し始めた。

「おめえが小学生の頃、親父がえらい酒飲んで、暴れとった時期があったろう。あん時、おめえは小せえから誰も教えんかったが――」

兄はそこで言葉を切ると、手にした缶ビールの中を覗き込むように目線を下げた。そして言った。

「おふくろが浮気しとったんじゃ」

あまりに現実味のないことを告げられ、俺はぽかんと兄の顔を見つめた。すぐに、冗談じゃ、と笑い出すものと読んで、それを待った。だが兄はビールの缶を座卓に置くと、ごしごしと手の甲で目を擦った。泣いているのだ。

「わしは親父が、可哀想でよ。なんだって嫁を、弟なんかに――」

頭を殴られたような感覚に、俺は唖然《あぜん》として叔父の遺影を見上げた。胃がせり上がり、口元を押さえて浅く息をする。目の奥が熱を持ち、視界が歪《ゆが》んだ。

「克則叔父さんが急に広島に行ったんは、そういうわけじゃ」

兄は吐き出すように言うと、三十年前に起きた出来事について語った。

叔父は当時、まだ細々《ほそぼそ》と続けていた家業である林業の手伝いに来ていた。母はその叔父と秘かに関係を結び、それが父の知るところになったのだという。高校生だった兄は、周囲から聞かされてそのことを知っていた。

「あれからわしは、おふくろとはよう話さんようになった。それでさっさと就職して、家を出たんよ」

兄嫁を寝取った叔父は、二度とこの家に寄りつくなと地元から追い出された。だからのちに借金で手詰まりとなっても、実家を頼ることができなかったのだろう。そして当てつけのように、あの納戸で自殺したのだ。

「おふくろは親父に手をついて謝っとった。子供と離れとうない。どうか離婚だけは勘弁してくれってな」

洟《はな》をすすり、咳払《せきばら》いをすると、震える声で続ける。

「親父はああいう男じゃから、許せんかったと思うよ。飲んで、暴れて、それでもなんとか我慢して、わしら子供には母親が必要じゃ言うて、離婚せんかったんじゃ。あんだけのことをされて、ようおふくろに手を上げんかったと思うわ」

兄は、今になってこんな話をして悪かった、と弱々しく詫びた。

「おめえはおふくろを好きじゃったから、聞かせん方がええと思っとった。じゃけど、わしの気持ちも分かってほしくてよ」

赤く濡れた目が、俺を見据える。

「じゃけえわしは、親父が可哀想で……なんとか親父のええようにしてやりたかったんじゃ」

兄は告白のあと、風呂にも入らず居間で寝入ってしまった。布団を運んできて敷いてやると、俺も二階に上がった。シャワーくらい浴びようかと思ったが、もうその気力もないほど疲れ切っていた。

敷いたままとなっていた自分の布団に潜り、この家で父を介護していた頃のことを思い起こす。叔父と母の遺影が並ぶ居間に、父の介護用ベッドは置かれていた。父が母を許すまでには、どれだけの苦悩があったのだろうか。

体は疲弊しているのに様々な考えが脳裏を巡り、その晩は朝方まで眠れなかった。


翌日、兄は一旦仕事を片づけに自宅に帰り、三日後に再び病院を訪れた。二人で面談に向かうと、医師からは、おそらく意識は戻らないだろうと告げられた。食事や排泄が自力でできるところまで、回復する見込みもないとのことだった。

「胃ろうの処置は、せんでええです。親父は口から飯を食えなくなったら、それが寿命っちゅうことじゃと言うとりましたので」

兄は父の意志を尊重したい旨を訴え、延命はしないと方針が決まった。

病院からまっすぐ総社市に帰るという兄に、俺は、父を実家で看取ろうと思うと決心を伝えた。兄はそんなことできるはずがないと目を剝《む》いた。

「寝たきりゆうたら、グループホームにも入れんので。素人《しろうと》が介護するなんて、無茶に決まっとろうが」

「ちゃんと訪問看護やなんかを頼んで、親父に不自由のないようにするわ」

そういうこっちゃねえ、おめえのことじゃ、と大声を上げた兄を、手を挙げて遮る。そして絞り出すように、本心からの思いを告げた。

「俺は親父が苦しんどったことを、この歳《とし》まで知らなんだ。じゃけえ、俺の気の済むようにさせてくれや」


それから一か月の間、父は訪問医の診療を受けながら、以前のように居間に置いたベッドの上で、最期《さいご》の時間を過ごした。点滴だけはしてもらえたが、食べ物を口にできない父の体は痩せ、縮こまるように小さくなっていった。

そんな日々の中で一度だけ、深夜、奇妙な焦燥感とともに目覚めたことがあった。いつだったかと同じだった。頭の方で気配がして、視線だけそちらに向けると、あの女が立っていた。

女はもう、首を振ってはいなかった。長い髪に隠され、顔はよく見えないが、口元は小さく笑《え》んでいた。その歯を見せない、感情を抑えたような笑い方には覚えがあった。女はすっと手を動かし、自身の足元を指差すと、闇の中で徐々に輪郭を失い、溶けるように消えた。

以来、父の口には時々、手を動かすことなどできないはずなのに、黒くて長い髪の毛が入っていることがあった。俺はそれを、もう父に害をなすものではないと解釈した。

そして年が明けて間もなく、父は居間のベッドで、俺と駆けつけた兄と義姉、孫である甥《おい》っ子たちに看取られて息を引き取った。

家族や親族に見送られて火葬され、収骨室へと運ばれてきた父の遺骨は、なぜだか真っ黒に煤けていた。

四十九日が過ぎると、俺は休日を利用して、父の遺品の整理を始めた。自分がまだ生まれる前の、父の若い時代のアルバムをめくっていて、嫁いで間もない頃の母の髪が長かったことを知った。

あの枕元に立つ女の顔は、あの控えめな笑い方は、確かに母に似ていた。さらに父の口に入っていた、長い黒髪——。

母は、父や俺を心配して、ずっとこの家にいたのかもしれない。そして俺に、何かを知らせようとしていたのだろうか。

最後に母が現れた時のことを思い返す。母は自分の足元を指差していた。最初に見た際は、寝ている俺を指差したのだと思ったが、そうではなかった。あの手振りで母は、何を伝えようとしていたのか。

そしてもう一つ、分からないことがあった。父も母も太ってなどおらず、小柄な体格なのに、火葬後に骨が黒ずんでいた。これはどういうことなのか。まさかこの土地に伝わる言い伝えのように、地獄に堕ちたとでもいうのか。

そんな馬鹿げたことを考えながら、ぼんやりとアルバムの家族写真を眺めていた。俺が小学校に上がったばかりの頃、祖父母の結婚記念日だかに、家族で庭先に集まって撮ったものだ。

この時はまだ叔父も出入りしていた。火葬されたあと、骨が黒くなっていたのは、祖母、叔父、父、そして母。だが、なぜか祖父だけは地獄に堕ちなかった。

体格が関係ないとすれば、何が原因なのか。祖父と、それ以外の家族との違いはなんだったのか。

この家の納戸で首を吊った叔父。長年、母が介護し、家族に看取られて逝《い》った祖母。胃がんの手術を受け、そのまま退院が叶わず亡くなった祖父。就寝中に心不全を起こし、突然死した母。

それぞれの最期を思い出していた時、ああ——と、その問いへの答えが、唐突に腹に落ちた。

いいいいい

死んだ場所だ。

あの閻魔堂で、子供だった俺に母は言った。死んでからもこの世に縛られることの方が地獄だと。

母が指差していたのは、この家だった。

いいいいいいいいい

この家で死んだ者は、地獄へ堕ちるのだ。

だとすれば、俺が父にしたことは——それが父のためだと思い込み、この家で看取ると決めたことは——。

愕然《がくぜん》としながら、アルバムの中の若い父の顔を見つめていた時、電話が鳴った。兄からだった。兄は出し抜けに、ここ数年で商売が傾いてきたので、いっそのこと店を畳んで実家に帰ろうと思うと宣言した。

「嫁と暮らすのに、その家をええようにリフォームしよう思うんじゃ。おめえは独り身じゃし、そうなったらアパートでも探して出てってくれや」

あれこれ口だけは出しながら、兄は最後まで俺に父の介護を任せきりで、訪問看護の費用も出さなかった。それでいて、父の遺産は当然のように長男だからと、俺より多くぶん取っていった。

兄に対して、色々と思うところはあった。だが今となっては、俺の心は平穏そのものだった。

「ああ、ええよ。ここを兄貴と義姉《ねえ》さんの、終《つい》の住処《すみか》にすりゃええわ」

兄の頼みを快諾して電話を切った。母のそれの隣に並ぶ父の遺影を見上げ、ふっと息をつき、ノートパソコンを起動する。

仕舞い忘れた風鈴の音を聞きながら、俺は不動産屋のサイトを開くと、早々に会社近くの物件を探し始めた。

爪《つめ》穢《けが》し

一

今日は午後から先月開催した海岸清掃のイベントについて、参加したボランティアグループとの意見交換会に出向いていた。振り返りを終えて四谷《よつや》のオフィスビル三階にある《みどりのまち研究所》の事務所へ戻ったのは、四時近くのことだった。運営側としていくつもの煩雑な要望を聞き取り、疲れ切って自分のデスクに着いたところで、ちょうど電話を終えた隣席の佐伯佑美《さえきゆみ》がこちらを向いた。

「果穂《かほ》さん、ヤマガミ工業の田淵《たぶち》さんがお見えで、もう一時間近くお待たせしてるの。さっき電話も入れたんだけど、気づかなかった？」

夏らしい透明感のある真珠色のネイルが塗られた指先をフックボタンに添えたまま告げると、オフィスの一角をパーテーションで仕切った応接ブースを目顔で示す。非難するような言い方ではなかったが、自分の担当する案件で面倒をかけたことに負い目を感じた。

私たちが働く認定NPO法人《みどりのまち研究所》は正会員二十名、賛助会員三十八名のごく小規模な団体で、他に本業のある職員も多い。実質七名のスタッフで運営されており、それぞれが複数のプロジェクトを並行して請け負っていた。佑美も明日の講演会の準備で、今は忙しいはずだった。

「ごめんなさい、移動中だったもので……でも、お約束は明日だったはずですけど」

弁明しながらスマートフォンを確認する。着信が三件。留守番電話が二件。カレンダーアプリを呼び出すが、ヤマガミ工業との面会は確かに明日の午後二時となっていた。近頃、仕事の忙しさと心労のためか、思い違いやミスをすることが多く、アポイントについては何度も日付と時間を確認するようにしていた。

「それがね、急な出張が入ってしまって明日は来られないから、試作品の受け渡しだけでもしたいって」

そういうことだったのか、と、先方の都合での訪問だったことに、ひとまず安堵《あんど》する。佑美にお礼を伝え、田淵のもとへ急いだ。「すみません、お待たせしてしまって」と声をかけると、「ああ、植村《うえむら》さん」と、田淵が慌《あわ》てた素振りでソファーから腰を浮かせた。

「こちらこそ突然で申しわけないです。一応、携帯の方にもお電話を入れさせていただいたんですが、留守電だったもので」

私より一回りも歳《とし》が上の田淵に頭を下げられ、恐縮する。四十代になったばかりだという田淵はヤマガミ工業の技術部の主任で、うちと同じく少人数で部署を回しているため、何かあれば自身が対応に動かなくてはいけない立場なのだと聞いていた。そのストレスでついお酒に走りがちだとよく冗談めかして語っており、こうしてスーツの上着を脱いでいると、ぽっこりと突き出たビール腹が目立った。

低いテーブルにはほとんど空になったコーヒーのカップと、大きめのホームベーカリーといった形状のものが置かれている。飲み物のお代わりくらい持ってくるんだったと後悔しながらも、私の目は、その白くて四角い箱型の製品へと釘《くぎ》づけになっていた。

「それで、さっそくなんですけど、こちらが開発をご依頼いただいていた家庭用生ゴミ処理機の試作品になります」

私の視線に気づいたように、田淵が白い上面のボタンを押し、蓋《ふた》を開けてみせる。中は黒い樹脂製の容器となっており、その中央にゴミを攪拌《かくはん》するためのプロペラ状の部品と、それを回すハンドルがついていた。

「こちらに生ゴミと、当社が開発したバイオ基材を入れておくことで生ゴミが分解されて有機肥料となります。基本的にほったらかしで大丈夫なので、やることと言えば生ゴミを追加するついでに、このハンドルを回すくらいですかね。乾燥させるタイプの製品と違って、電気も使わないのでエコですよ」

どうぞ、というように田淵が片手を差し出す。試しにハンドルを回してみた。スムーズに回るが、空の状態では実際の使用時の具合までは分からなかった。

だが、ようやくここまで来られた。くるくると回転するプロペラを見下ろしながら、力が抜ける思いがした。

この家庭用生ゴミ処理機の共同開発は、私が《みどりのまち研究所》に転職して一年目にして初めて企画が通り、一人で手がけることになったプロジェクトだった。

理工学部を卒業後、地元の環境調査会社に新卒で入ったものの、私が配属されたのは広報課だった。自社のホームページでの事業のPRや、SNSの運営といったタスクには、それなりのやりがいもあった。だが都市環境学科で学んだことを活《い》かし、様々な現場で調査業務に携わりたいと望んでいただけに、次第にやりたかった仕事との落差への不満が募っていった。

部署異動願いを出したが叶《かな》わず、また当時、とあるトラブルに見舞われたこともあって、入社して五年で転職活動を始めた。大学での専攻内容に加え、広報として働いてきたキャリアも活かせること、そして一般企業にはない業務の自由度の高さを理由に、現在の環境保全NPO法人で働くことを決めたのだった。

前職では自身で案を出してプランを立て、動かしていくといった経験はなかったので、業者の選定や交渉など、分からないことばかりで苦労した。上司である代表の赤《あか》瀬《せ》正雄《まさお》や先輩職員の佐伯佑美に助言を乞《こ》いながら試作品の開発に着手したものの、それから半年以上も音沙汰《おとさた》がなく、先週ようやく完成したと連絡をもらえた時には、心から安堵した。

「ところで、植村さんのお宅は何人家族でいらっしゃいますか」

試作品を検《あらた》めつつこれまでのことを感慨深く思い起こしていると、不意に田淵からそんなことを尋ねられ、面食らった。かすかに胃に重いものを感じながらも、質問に答える。

「母と、妹と、三人家族ですけど、それが何か？」

「ああ、いえ――出るゴミの量の参考に伺っただけです。でしたらバイオ基材は一袋もあれば大丈夫かな」

そう言って田淵は、アタッシュケースから黒い透明の袋に入った土のようなものを取り出す。電車でこのサイズを持ち帰るのは大変なので、事務所で使ってみるつもりだったが、田淵は私が自宅で試用するものと思っていたようだ。

「まずは職員の皆さんで実際にお試しいただいて、こちらでご満足いただけるようなら正式に受注させていただき、製造に入るつもりです。それにあたって改めて、契約の条件などもご相談できたらと思うのですが」

田淵は人の良さそうな笑みを浮かべ、開いたままのアタッシュケースからクリアファイルを取り出した。そして挟み込まれた薄い冊子をテーブルに置く。

「当社の方で製造請負契約書のひな形を作成してまいりましたので、こちらの条件でご一考いただけますでしょうか。もちろん、この内容で不都合な点があれば、可能な限り対応させていただきます」

試作品の完成までにかなりの時間が掛かったというのに、ここへ来てずいぶんと話を急いでいるようにも感じられた。だが契約となると、さすがに私の判断だけでは進められない。今日は代表の赤瀬が出張中のため、確認の上で後日返事をすると伝え、ひとまず預かることにした。そしてホッチキスで綴《と》じられたページをめくったその瞬間、目に入った数字に驚き、冊子を取り落としそうになった。

もう一度よく文面を確認した上で、田淵の顔を凝視する。田淵はさっと視線を逸らし、空のはずのカップに口をつけた。動揺を抑え、硬い声で尋ねる。

「こちらの『請負代金』の項目ですけれど、製品の単価が二万五千円というのは間違いではないでしょうか。最初に伺っていた金額と、かなり開きがあるように思うんですが」

開発を頼んだ段階では、小売価格を一万五千円前後としたいと伝え、こちらがメーカー側に支払う仕切り価格は単価一万円以下でという話になっていた。メール等のやり取りの履歴も残っているので、間違いはない。

現在市販されている生ゴミ処理機のラインナップは比較的高額なものが多く、なかなか一般家庭での購入には繋《つな》がっていない。そこで、今の価格帯の半額以下の商品を開発し、家庭用生ゴミ処理機の普及を促進するという目的で、この企画を提案したのだった。

田淵は私の指摘に、「すみません、もっと早くにご相談すれば良かったんですが」と、ばつの悪そうな顔になると、白い縦線の目立つ不健康そうな爪《つめ》で頬を掻《か》いた。

「やはり提示いただいた金額では儲《もう》けが少なすぎて難しいと、上長から許可が出なかったんです。バイオ基材を入れて、二万五千円がぎりぎりだと言われてしまいまして。

でも東京だったら、助成金の出る自治体も多いんじゃないですか」

「いえ、都内でも制度の対象になっている区は、半々というところですよ。それに今回の商品はネット販売が中心ですから、全国の消費者が訴求対象となります。それも企画段階できちんとお話しさせていただきましたよね」

申しわけなさそうにしながらも、のらりくらりと追及をかわそうとする田淵に、必死で食い下がる。仕入れ単価が二万五千円とすると、小売価格は三万円を超えてしまう。想定していた価格の二倍以上だ。

なぜこの段階で、合意していたはずの単価を大幅に吊《つ》り上げてきたのか。憤慨しながらもなんとか感情を押し殺し、「検討の上、後日お返事します」と絞り出すように伝えた。赤瀬の他に判断を仰げそうな職員は、今日は出勤していなかった。

「ええ、もちろんこの数字でご納得いただけないようであれば、他社に頼んでいただいて構いませんので。その場合は試作品の製作に掛かった費用だけ請求させていただきます」

田淵はあくまで低姿勢でそう述べたが、その場合でもすでに支払った開発協力費とは別に、試作品完成までの必要経費はきっちり払わなくてはいけない。さらにこれまでの一年間を棒に振る形にして、新たな業者を探さなくてはいけないのだ。

「試作品の製作に入る段階で、覚書も何も交わしていなかったんですか？」

田淵が帰ると急いで契約書のひな形をスキャンし、出張中の赤瀬にメールで送った。すぐに折り返しの電話を寄越した赤瀬の呆《あき》れたような口調に胸が詰まり、唇を噛《か》んだ。前職でもニュースリリースの際などに、宣伝業者に業務委託をしたことはあった。だが以前から取引のある相手先だったので覚書といったものを交わした経験がなく、それが必要なことだというのすら知らなかった。

「済んでしまったことは仕方ないし、指導が足りていなかったのは僕の責任です。でも、一人でプロジェクトを任せる前に、もっと他のスタッフのサポートで経験を積んでもらった方が良かったかもしれないですね」

電話越しでもこたえる一言を浴びせられ、契約内容については、週明けに出張から戻り次第相談するということで通話は終わった。

スマートフォンを机に伏せると、深く息を吐く。赤瀬からはついこの間も取引先の社名を取り違え、注意を受けたばかりだった。しかし今回の件は、団体に損害を与えかねない失態である。もしかするとプロジェクト自体、ここで打ち切りとなるかもしれない。

もう一度ため息をつき、強張《こわば》った首すじを揉んだ。その刹那《せつな》、自分の体から汗とは違う、どこか動物じみた臭《にお》いが漂ってきたように思えて、口元を押さえた。

最近は、こんなことばかりだった。自分の力不足のためだけとは思えない。運が悪いとか、思い違いや失敗が増えたという域を超えている。

不調の原因は分かっている。ともに実家に暮らす妹の愛菜《まな》だ。愛菜のあの汚らしい《爪》のせいに違いなかった。

二

「ねえ、このネットショップで出品されてるネイルチップ、お姉ちゃんのアカウントで買ってくれない？　私、なんでかカード止められちゃってて」

妹の愛菜から頼み事をされたのは、二週間前の朝のことだった。母はすでに介護施設のパートに出ており、私もこれから出勤でリビングを出ようという時に呼び止められた。

「お母さんはネットで買い物しないし、お姉ちゃんしかいないの。お願い」

うんざりしながらも振り返った私に、舞台衣装のようなフリルのロリータドレスを身につけた愛菜は、甘ったれた口調で続けた。そうして頼めば、なんでも叶えてもらえると思っているのだろう。

目尻《めじり》の下がった大きな目は、常にうるんでいるように見える。愛菜はぽってりとした唇に媚《こ》びるような笑みを浮かべ、首をほんの少し傾けた彼女のお決まりのポーズで、私をじっと見返した。他はまったく似ていないのに、それだけ私と同じ位置にある泣きぼくろが、きめの細かな肌の白さを際立《きわだ》たせていた。五歳下なのでもう二十四歳になるはずだが、不自然なほど幼く、あたかも少女のような外見を保っている。

「カードが使えるようになってから、自分で買えばいいじゃない。別に急いで使う用事はないんでしょう」

愛菜には現在、ネイルチップをつけて、お洒落《しゃれ》をして出かける場所などないはずだ。嫌味を込めてそう言ったのだが、愛菜はまったく意に介していないようで「今じゃないと駄目なの」と譲らない。

「これ、人気の作家さんの一点物なんだよ。いつも新作が出るたびに完売しちゃうんだ。すぐに買わないと、二度と手に入らないの」

私はスマートフォンの画面を拡大し、そのハンドメイドのオリジナルネイルチップとやらを、まじまじと眺めた。ベースカラーは夏空をイメージしたのか、白と水色のグラデーションに塗られている。左から一枚目はカモメ、二枚目にはヨット、他にも貝殻や熱帯魚といった海のモチーフが、細やかな筆づかいで描かれていた。きらきらと輝くストーンは、その配置のニュアンスで波や雲を表現しているらしいと分かる。十枚それぞれ違うデザインに絵画のような物語性があり、人気の作家の手によるものだというのはうなずけた。

学生時代から、実習や実験の邪魔になるからとネイルの類《たぐい》はほとんどしたことがなく、あまり興味もなかった。だが愛菜にとってこれらは、姉に注文を代行させてでも手に入れたい一品なのだろう。

「分かった。今、もう出るところだから、バス停に着いたら注文しとく。それでいい?」

愛菜とやり取りするうちにぎりぎりの時間となっており、商品名と品番をもう一度確認すると、慌てて家を出た。そして約束どおり、乗り込んだバスの車内で所望されたネイルチップを注文した。

しかし、そこからなぜか、おかしなことになってしまった。三日後に商品が届いたので開梱《かいこん》したところ、頼んだものと、まったく異なる商品が入っていたのだ。

「何これ。めちゃめちゃ気持ち悪いんだけど」

思わずつぶやいた声に嫌悪感《けんおかん》がにじむ。半透明の緩衝材で包まれ、プラスチックケースに入っていたそれは、恐ろしく不気味な代物《しろもの》だった。

まずベースの色からして全然違う。くすんだ赤い色がべっとりと塗られているのだが、厚さにむらがあるようで表面がでこぼこしており、また指紋らしき跡が残っていたり、変に黒ずんでいたりする箇所があった。

枚数は十枚あるが、そのどれにも、絵は描かれていない。代わりにごく小さな白い石粒が埋め込まれていたが、サイズや形が不揃《ふぞろ》いで統一感がまるでなかった。細かな粒がぎっしりと埋め込まれたものもあれば、薄く削《そ》がれたような大きめの石が貼《は》りつけられたものもある。何がモチーフになっているのか、見当もつかなかった。

小さな子供でも、もう少し見映えのするものが作れるだろう。例えるなら、言葉の通じない、人でないものに材料を与えたのなら、こんなものが仕上がるのではないかと思えるような出来だった。

さらにもう一点、不快さをもよおさせるのは、ネイルチップから漂う異様な臭いだった。幼い頃に動物園で嗅いだ肉食獣の檻《おり》のような、むっと鼻をつく臭いがした。それが母の手で絶えずリビングに飾られている百合やクチナシの香りと相まって胸が悪くなり、すぐにケースの蓋《ふた》を閉じた。

どうしてこんなものが送られてきたのだろう。注文後に届いたメールで、同じ品番であることも確認していた。困惑している私の背後で、愛菜の忌々《いまいま》しげな声がした。

「お姉ちゃん、違うの注文したでしょう」

決めつけて質《ただ》すと、聞こえるようにため息をついた。

「ていうか、わざとだよね。あの作家さんがこんなもの作るはずないし。こういう変なのが売ってるショップを探して、嫌がらせで買ったんだ。本当に、頼むんじゃなかった」

反論する隙《すき》も与えずまくし立てた愛菜は、間違いなく同じ品番で受注側のミスだと分かってもまだ収まりがつかない様子で、むっつりと押し黙った。リボンやハートがモチーフの派手なネイルチップで彩《いろど》られた細い指を、胸の下で固く組み合わせている。一方的な物言いに釈然としなかったが、もう話は終わりだろうと自室に戻ろうとすると、「ちょっと待って」と険のある声で呼び止められた。

「これ、お姉ちゃんのアカウントで注文してるでしょ。私じゃ手続きできないし、作家さんに頼んで交換してもらってよ」

耳を疑う要求に、頬がかっと熱くなった。「なんで私がそこまでしなきゃいけないの」と、思わず大きな声が出る。

「そもそも愛菜のカードが使えなくなったから、代わりに注文してあげたんじゃない。

私は仕事もあって忙しいんだし、そんな交渉くらい、自分でやってよ」

あんたは無職で暇なんだから、という一言をどうにか心の中に留め、リビングを出ると、音を立ててドアを閉めた。


認定NPO法人は監査が厳しく、職員の労働環境も適正に管理されている。そのため、ヤマガミ工業との契約のことは気がかりだったが、この日も残業せずに定時で事務所を出た。新宿から西武新宿線で自宅マンションの最寄駅である所沢《ところざわ》駅に着いたのは、午後六時過ぎだった。母は今日は遅番だと聞いていた。愛菜と二人きりになるのが気詰まりで、バスターミナルの方ではなく、駅ビルに直結する改札に向かった。

先日の険悪なやり取りのあとも、愛菜はまだ交換してもらっていないのと文句を言うばかりで、自分で動こうとはしなかった。最初は放っておこうとも思ったが、あの気味の悪いネイルチップがいつまでも家にあることに耐えられず、結局、私が出品者に問い合わせた。

メールをしたのは先週だったが、週が明けても返信はなかった。それならばと送り状に記されていた番号に電話をしたが、何度かけても電波の届かないところにいるか電源が入っていないというメッセージが流れるだけだった。

だが、出品者と連絡がつかないこと以上に私が頭にきたのは、愛菜の子供っぽい嫌がらせだった。

あんな臭いのするものを自室に入れるのが嫌で、私はすぐに発送できるようにと梱包したネイルチップを、リビングのサイドボードの上に置いていた。だがある日、仕事から帰るとその段ボール箱が、私の部屋の机の上に置かれていた。しかもネイルチップがケースから取り出され、カーペットの上にばら撒《ま》かれている。

いつもリビングにいる愛菜の仕業に違いなかった。ずっとあのネイルチップが目につく場所にあることに腹を立てて、こんなことをしたのだ。

私は愛菜に何も言わず、ネイルチップの箱を元の場所に戻した。だがそれから数日経《た》つと、今度は私のクローゼットの下着などを仕舞う衣装ケースに、ネイルチップが押し込まれていた。

あまりのやり口に激昂《げっこう》し愛菜を問い質したが、まるで何も知らないかのようなとぼけ顔でしらを切られた。怒りを抑えられずそこから言い合いになると、仕事が休みでその場にいた母に「馬鹿言わないの。愛菜にそんなことできるわけないでしょう」と、私の方が叱《しか》りつけられた。それが昨晩のことだった。

私が最近になって、頻繁に思い違いや失敗をするようになったのは、おそらく愛菜が自宅に引きこもるようになってから積み重なってきたストレスが原因だった。特にネイルチップの一件があってからは、勤務中でもふとした時にあの嫌な臭いを感じたり、気味の悪い夢を見てよく眠れなかったりと、体調にも影響が出ている。

これ以上、あの汚らしい爪のことで煩《わずら》わされるのに、我慢がならなかった。もう終わりにしようと腹を決めると、私は今朝、愛菜には何も言わずに、ケースから出したネイルチップをすべてポリ袋に放り込んだ。そして口を縛ってマンションのゴミ捨て場に置いてきた。ちょうど今日は燃えるゴミの日だったので、すでに回収されているだろう。

これまで起きたあれこれについて考えるうちに、生ゴミ処理機の問題のことまで思い出され、気持ちが沈んできた。少しでも憂《う》さ晴らしをしようと、駅ビルの三階にある書店に寄り道する。

目当ての海洋プラスチック汚染の関連書籍を購入し、雑誌コーナーでサイエンス誌を見るともなく眺めていると、すぐそばのエンタメ雑誌が目に入った。表紙を飾る女性アイドルの白い歯を覗《のぞ》かせた笑顔に、ぐっと胸を摑《つか》まれたような心持ちになる。以前の私は、こうした雑誌を目にすることを避けるあまり、書店に立ち寄ることができなかった。

妹の愛菜は二年前まで、ある中規模の芸能事務所に所属し、アイドルグループの一員として活動していた。

きっかけは高校生になってすぐの頃、母の勧めでオーディションを受けたことだ。両親は私たち姉妹が小学生の時に離婚していたが、その理由の一つが、夫婦間での教育方針の違いだった。母は、幼い頃から可愛《かわい》らしく華奢《きゃしゃ》でほっそりした体つきの愛菜を溺愛《できあい》し、将来は芸能界で活躍させたいと願っていた。

学校の勉強そっちのけで、愛菜をダンススクールや子役の養成所に通わせた。父は仕事で帰りが遅いので、私は平日はほとんど、コンビニで買ってきたお弁当で一人で夕食をとることになった。母はごく平凡な顔立ちの私に、愛菜と明らかに差をつけて接した。

父は何度も強く意見したようだが、母は聞き入れなかった。そのうち、あまり家に帰ってこなくなり、一年ほどして離婚することになったと聞かされた。

家族で住んでいた春日部《かすかべ》の一戸建てを処分し、その方が東京に出やすいからという理由で現在の３ＬＤＫのマンションに引っ越すと、母はますます熱心にステージママとして娘のマネジメントに精を出した。そして何度目かに応募したオーディションで、ついに愛菜は関東のローカルアイドルグループの候補生になることができた。

母が散々ダンスレッスンやボイストレーニングを受けさせた甲斐《かい》あって、愛菜は翌年には候補生から正規メンバーに昇格し、たまにテレビや雑誌でその姿を見かけるようになった。そして十七歳から二十二歳までの六年間、多くの地元民から支持されるアイドルグループの一員として活動してきた――。

二年前、突如として芸能界を引退して実家に戻り、引きこもるようになるまでは。

愛菜はそれから一日のほとんどの時間を所沢の自宅マンションで過ごし、深夜に顔を隠してコンビニに行く以外、外出することはなかった。友達と会うことも、もちろんアルバイトなどをすることもなかった。

アイドルを辞めて二年が経った現在、愛菜はコンビニに行くことすらなくなり、家から一歩も出ない生活を送っている。これまでに幾度も、この状況は精神衛生的に良くないのではと母に意見したことがあったが、「今はそっとしておいてあげなさい」と言うばかりで、愛菜に働きかけることはなかった。むしろそんな愛菜から目を背けるように仕事のシフトを増やし、家を空ける時間が多くなった。

そんな愛菜の唯一《ゆいいつ》の趣味が、洋服やアクセサリーのネットショッピングだった。特にネイルにはこだわっていて、しょっちゅう新しいネイルチップを買っては、その日の気分でつけ替えていた。

子供の頃から爪を噛む癖があり、形が悪いのがコンプレックスだったようだ。それもあって余計に、綺麗《きれい》に飾りたいという気持ちがあったのかもしれない。アイドル時代からそうした貼りつけタイプのネイルを集めており、よく自身のSNSに写真を上げていた。

なのにどうしてか、母は愛菜のカードを止めてしまったらしい。彼女なりの考えがあってのことだとは思うが、楽しみを奪われた愛菜はどうなるのだろう。ますます無気力になってしまわないだろうか。

妹の将来への不安に、重い気持ちを抱えて駅を出る。ちょうど来たバスに乗り、自宅マンションに帰り着いた。母はまだ帰っておらず、一人で軽い夕食を済ませると、シャワーを浴びてベッドに入った。

この夜も、嫌な夢を見た。寝ている私の枕元《まくらもと》で、誰かが恨みごとを訴えている。

ねえ、なんであんたばかり、楽しそうに生きていられるの。

昔から知っている声のようでもあり、まるで聞き覚えのない声のようでもあった。夢の中のことなので、その辺りの感覚はあやふやだ。けれど女の声だった。

女が、許せない、と言った。次の瞬間、ぐいっと髪の毛が引っ張られた。目を開くと、ベッド横の窓にかかったカーテンが、こんもりと膨らんでいる。その膨らみが、怖くて怖くて仕方ないのに、目を閉じることも、逸らすこともできない。膨らんだカーテンの隙間から、土気色の細い腕が覗いていた。そこにいるものから逃れようと、必死で抗《あらが》う。けれどがっしりと髪を摑まれ、顔を背けることすら叶わなかった。

　爪で搔きむしったと思《おぼ》しき傷跡が残る首筋。赤黒く変色し、斑点《はんてん》が浮かんだ頰。充血した目が、こぼれそうなほど見開かれ、こちらを捉《とら》えている——。

　首がのけぞる感覚に、はっと目を覚ました。心臓がどくどくと強く脈打っているのを感じながら、周囲の状況に目を凝らす。薄暗い部屋の天井に、火災報知器の小さな緑色のランプが光っていた。

　そろそろと視線を窓へと移す。カーテンは普段と変わりなく閉じられていた。夢なのだから当たり前だと安堵しながら、まださっきの感触が残っている気がして頭に手をやった。

　髪の毛の中に引っ掛かるものがあるのに気づくと同時に、あの獣臭さが鼻を刺した。びっしりと貼りつけられた小石のざらつきが、指先に触れた。全身に悪寒が走る。つまんだそれを放り捨て、悲鳴を上げた。

ているのか。

三

昨日の朝、確かに捨てたはずのネイルチップだった。それがなぜ今、枕元に散乱しているのか。

ベッドに入る時には、こんなものはなかった。

愛菜が夜中に私の部屋に忍び込んでやったとしか考えられないが、状況があまりにも異常だった。愛菜には何も言わずに、こっそりと処分したのだ。ゴミ捨て場から拾ってきたのだとすると、彼女は私の行動を監視していたことになる。

問い詰めようという気は起こらなかった。おそらく愛菜は、もう普通の精神状態ではないのだろう。そのことを受け入れなくてはいけなかった。

思えば私の部屋にネイルチップが持ち込まれたことについて質した時、愛菜は本当に知らないという様子だった。あれは子役養成所仕込みの演技などではなく、自分がしたことを覚えていなかったのかもしれない。

拾い集めたネイルチップをケースに戻すと、窓のカーテンを開けた。もう夜明けが近いのか、白みかけた空の下に、静かな街並みが息づいている。遠くに見える高架橋の上を、貨物列車がゆっくりと走っていくのが見えた。

平静を取り戻した頭で、これからどうするべきかを考える。状況を観察して仮説を立てたのち、それを試して検証する。学生時代に研究室で叩《たた》き込まれた手順は、社会人になってからもトラブルを克服するための有用な手段として、私の拠《よ》り所となっていた。

もう一度捨てたとしても、同じことが繰り返されるだけだ。ならば愛菜の望むとおりにしてみよう。私はケースを通勤バッグに押し込むと、起き出して支度を始めた。


その日、早めに仕事を切り上げた私は、いつものように西武新宿線で所沢駅に着くと、普段は乗らない路線のバス停に並んだ。

メールでも電話でも連絡がつかないのなら、直接訪ねる以外にない。ネイルチップの送付状にあった送り主の住所欄には、偶然にも同じ所沢市内の、近隣の町の番地が記されていた。

地図アプリを頼りに目的地に辿《たど》り着いたのは、午後六時頃だった。夕飯時の訪問となってしまったが、その方が在宅している可能性は高いと踏んだ。目論見《もくろみ》どおり、《高坂《こうさか》》の表札が出された古びた一軒家の窓からは黄色い灯りが漏れていた。

インターフォンを押すと、陰気な女性の声が応答した。ネット通販で購入したネイルチップについて相談したいと用件を伝えると、ほどなくしてドアが開き、五十代と見える小柄な中年女性が顔を出した。

長く染めた気配のない白髪が混じったぼさぼさの短髪の女性は、なんでしょう、と平坦《へいたん》な声で尋ねた。窪《くぼ》んだ頬は血色が悪く、半開きの唇から不揃いの歯が覗いている。どこを見ているのか分からないような黒く空っぽな眼差しを向けられ、落ち着かない気持ちになった。

送り状の送り主の欄には「高坂」とだけあった。この女性が例のネイルチップの作者なのだろうかと訝《いぶか》しみながら、私は注文したのと違う商品が届いたこと、できれば最初に頼んだものと交換してほしい旨《むね》を伝えた。だが女性は首を横に振った。

「訪ねてきてくださったのに申しわけないんですが、私はよく知らないんです。そのネイルなんとかというのは、娘の朱莉《あかり》が作っていたものなので」

彼女は作者ではなく、その朱莉という出品者の母親だったようだ。言葉の上では詫《わ》びながらも、表情に乏しく覇気のない話し方からは、なんの感情も読み取れなかった。

しかし何かが心に引っ掛かった。理由の分からない不安が湧《わ》いてくるのを覚えながらも口を開く。

「ネイルチップは、妹に頼まれて注文したものなんです。彼女は朱莉さんの作品の大ファンで、どうしても手に入れたいと言っておりまして。朱莉さんと、直接お話しすることはできないでしょうか」

必死に申し入れたにもかかわらず、女性は時が止まったように固まっていた。伝わらなかったのかと同じことを言おうとした時、暗い瞳《ひとみ》が痙攣《けいれん》するように細かく震えているのに気づいた。ひび割れた唇から、込み上げるものが漏れたように、ふっ、ふっ、と短く息が吐き出された。硬く握られた小さな拳《こぶし》に、青い筋が浮いている。思わず後ずさった時、女性は目を吊り上げて叫んだ。

「無理に決まってんだろ！　ふざけんなっ！」

目の前で、打ちつけるような音を立ててドアが閉まった。耳がじんと痺《しび》れ、呼吸が苦しくなる。胸元を押さえながら、私はようやく思い出していた。《朱莉》という名前に、やはり聞き覚えがあった。

その場を離れてスマートフォンを取り出し、「高坂朱莉」の名を検索する。ニュース記事はなかったが、噂話《うわさばなし》などが書き込まれる掲示板で見つけることができた。

今から二年前、中学時代に自分をいじめた同級生の名前を遺書に残し、飛び降り自殺を図った当時二十二歳の女性――高坂朱莉は、愛菜のいじめの被害者だったのだ。

「朱莉が出品者だなんて、私は知らなかった。だってネットショップでは、作家の本名なんて公表してなかったでしょ」

　自宅に戻ってすぐに愛菜を問い詰めたが、真っ向から撥《は》ねつけられた。しかし過去にいじめた相手の作品を、そうと知らずにたまたま買おうとしたなどという偶然があるはずがない。

　愛菜が二年前に突然芸能界を引退することになった理由は、中学の同級生だった高坂朱莉に、いじめの首謀者として告発されたことだった。

　当時のことは、今でもよく覚えている。最初に週刊誌の記事が出ると、そのあとにネットニュースやワイドショーでも報じられた。朱莉の名は「Aさん」とされていて本名は明かされていなかったが、躍起になって愛菜を擁護する母から聞かされた。

　どこで嗅《か》ぎつけたのか、私が働いていた会社にまで取材記者がやってきて、愛菜の姉だということが職場に知られた。上司や近しい同僚たちは庇《かば》ってくれたが、SNSに身内の勤め先として会社の名前が出たことで一部の者から迷惑だという声が上がり、結局は退職することになった。

高坂朱莉は幸いにも一命を取り留めたが、脊髄《せきずい》を損傷し、半身麻痺《まひ》と言語障害の後遺症が残った。その後、母親が娘の無念を晴らしたいと週刊誌に訴えたことで、事態が明るみに出たのだ。

芸能人生命を絶たれるには充分なスキャンダルだった。グループの公式サイトやSNSには非難のメールやメッセージが殺到し、愛菜はグループを脱退するとともに、引退を表明したのだった。

それから二年後の今になって、愛菜はいったい何を目的に、高坂朱莉の作品を手に入れようとしたのか。妹の真意を探るべく、できるだけ落ち着いた口調で尋ねた。

「もしかして、彼女の作品を買ってあげることで、朱莉さんにしたことを償うつもりだったの？」

「だから違うって言ってんじゃん。ていうか、私は朱莉をいじめてなんかいない。全部あいつの被害妄想なんだって、何回も説明したよね。お姉ちゃんは私の言うことより、週刊誌とかワイドショーの方を信じるんだ」

当時、愛菜は母や私に対して、あくまでいじめなどしていなかったと言い張った。確かに朱莉が自室に残したという遺書以外、愛菜がいじめを行っていたという同級生の証言や、日記などの証拠は出なかった。当時の記録を調べても学校に相談したという事実はなく、そのため訴訟を起こされることはなかった。それでもあの頃、愛菜は追い詰められたストレスからか、噛みすぎて短くなった爪が肉に食い込み、しばしば指先に血をにじませていた。

「今はそんな話してないでしょう。正直に全部話して。どういうつもりであのネイルチップを買ったの？」

「どういうつもりも何も、可愛いデザインだと思ったから、欲しくなっただけだよ。それ以外に理由なんてないって」

ぶっきらぼうに返され口をつぐむ。納得のいかない思いで、愛菜が近頃気に入ってそればかりつけているリボンとハートのネイルチップを見据えた。愛菜の主張は到底受け入れられるものではない。けれどこの場では、それ以上の追及はできなかった。争うような声を聞いた母親が、リビングに飛び込んできて割って入ったからだ。

「果穂、いい加減にしなさい！　そんな大きい声出して、なんのつもりなの？」

母は私の腕を乱暴に摑むと、リビングから廊下に引っ張り出した。険しい形相で睨《にら》みつけたかと思うと、突然涙をこぼし始める。

「愛菜は酷《ひど》い目に遭わされても必死で耐えてたのに、どうしてあんたはそうなの。馬鹿なことばかり言って、それでもお姉ちゃんなの？　あんたがちゃんと、愛菜を信じて——」

母は両手で顔を覆《おお》った。そして、くぐもった声で言った。

あの子の盾になってくれてたら、こんなことにはならなかったのに。

四

翌日、私は再びケースに収めたネイルチップを職場に持っていった。そして午前中にやるべき仕事を終えると、昼休みの職員たちに声をかけた。

「もしも食品のゴミが出るようでしたら、私の方で預かりますよ。生ゴミ処理機に入れたいので」

ヤマガミ工業の家庭用生ゴミ処理機の試作品は、昨日から試用を開始していた。赤瀬が出張から戻ってきて結論を出すまで、プロジェクトがどうなるかは分からないが、まだ中止となったわけではない。自宅から持ってきた野菜くずと田淵にもらったバイオ基材の半量をバケツの中に入れ、ハンドルを回して攪拌しておいた。

同僚たちから新たなゴミの提供はなく、バッグを手に生ゴミ処理機を置いている給湯室へと向かう。スイッチを押して蓋を開けると、昨日見た時とあまり変わらない状態のニンジンの皮やキャベツの外側の葉が、バイオ基材の黒い粉にまみれていた。さすがにたった一日では分解されないようだ。

携えてきたバッグから、強張る指でネイルチップのケースを取り出した。これさえ二度と戻らないよう処分してしまえば、もう愛菜から嫌がらせをされることも、母から心を抉《えぐ》る言葉をぶつけられることもない。すべて終わりにできる。私の頭は、不幸の元凶である気味の悪い爪から逃れることでいっぱいだった。

「ねえ、このお菓子も一緒に入れてもらっていい？　だいぶ前に賞味期限が切れてたの、捨てるの忘れてて」

ケースを開けてネイルチップをつまみ上げたその時、突然給湯室のドアが開いた。振り向くと、個包装の小さなドーナツらしきものを持った同僚の佑美が立っていた。

「やだ、ちょっと果穂さん、眠れてる？　顔色悪いよ」

眉をひそめ心配するように尋ねたあと、佑美は「それ、何？」と不思議そうに、私の手の中のものを見つめた。

「ネイルチップなんです。妹に、いらないから捨ててって言われて。でも考えたら生ゴミじゃないし、無理ですよね。やっぱり持って帰ります」

とっさに上手《うま》い言いわけができず、しどろもどろに述べるとネイルチップをケースに戻す。近づいてきた佑美はケースの中のそれらを目にした途端、急に真面目《まじめ》な顔になった。

「果穂さんの妹さん、どこでそのネイルチップを買ったか分かる？」

硬い口調で問われ、なぜそんなことを聞くのだろうと首を傾《かし》げつつ答える。

「ネットショップで買ったそうです。ある作家さんの、ハンドメイドの一点ものだって言ってました」

「その作家って、妹さんの知り合いだったりしない？」

佑美の放った一言に、心臓が強く脈を打った。なぜ彼女がそんなことを知っているのか。佑美には妹の素性も、もちろんこのネイルチップをめぐる一件も、一切話していない。

私の驚く様を見て、指摘が図星だったと察したのだろうか。佑美は「ごめんね、急に変なこと言って」と神妙な顔で詫びた。

「実は私、これとよく似たものを見たことがあるの。私の友達が、ハンドメイドのペンダントを知り合いからもらって。これと同じ色合いで、同じように白い小石みたいなので細工がしてあって」

そうなんですか、と返しながらも、それでどうしてこれが知り合いから買ったものだと分かったのかという疑問は解消されなかった。佑美は給湯室の流し台に置かれたケースをじっと睨んだまま、先を続けた。

「それから友達が、体調を崩しちゃって。夢見が良くないとか、変な臭いがするとか神経質になって、話すことがおかしくなったの。きっとペンダントが原因だって手放そうとしたんだけど、何度捨てても戻ってくる、なんて言い出して」

手のひらに汗がにじみ、喉《のど》が酷く渇いていた。かすれた声で、「それで、どうなったんですか」と先をうながす。佑美は話すことを迷うように唇を噛み、しばし黙ったあとこちらを向いた。

「その子、霊能者の人に頼んで、お祓《はら》いをしてもらったって言ってた。彼女のお母さんが、そういうのを信じる人だったみたいで」

予想外の言葉に、すぐには反応できなかった。呆気に取られている私に、佑美は「やっぱり、普通は心療内科に行くべきだって思うよね」と苦笑する。

「でも彼女には、そのやり方が合ってたみたい。結局占いとかそういうのも、気の持ちようみたいなところがあるじゃない」

そう聞いてなるほどと合点がいった。確かに本人がその霊能者とやらを信じていたのなら、それだけで不調から回復することもあるのかもしれない。偽薬を服用することで症状の改善が見られるプラシーボ効果と同じことだろう。

「ペンダントをくれた知り合いって、彼女に好意を持ってた男の人で、断っても何度も食事に誘われて困ってたみたい。彼女はお祓いしてもらったおかげで彼の《呪《のろ》い》が解けたと思えて、それで元気になったって言ってた」

「呪いって——そんなふうに言われて、ちょっと気の毒ですね。その彼にしてみれば、好きだった彼女にプレゼントを贈ったつもりだったのに」

手酷い物言いに、思わず知人男性の方を庇うと、佑美は重い表情で「違うよ」と首を横に振った。

「それは本当に、呪いだったの」

言いながら、佑美は青ざめた顔をケースに向けた。

「霊能者の人が見てくれて分かったの。憎い相手を呪う方法として、昔から行われてるやり方なんだって。ネットなんかで検索しても、結構簡単に出てくるみたい」

釣られて並んだ爪に目をやる。不意にわけもなく、ぞくりと悪寒に襲われた。

「そのくすんだ赤色と、黒い塊みたいなのがまだらになったペンダントは、彼の血と髪の毛を混ぜたものが塗られてたんだって。白い石粒のような破片は、爪と砕いた歯だったって」

指先に、あの小石のぷつぷつとした感触が蘇《よみがえ》り、全身の皮膚が粟立《あわだ》った。

その翌々日の日曜日。私は佑美に友人から聞き出してもらった霊能者に会うために、電車で二時間かけて神奈川県相模原《さがみはら》市へと赴いた。

最寄駅だという淵野辺《ふちのべ》駅に降り立つと、南口のバスターミナルを通り過ぎ、その先の運動場や大きな池のある公園に向かった。蒸気機関車が展示された家族連れが集う広場に背を向け、あまり人気《ひとけ》のない池の向こうの東屋《あずまや》を目指す。

捨てたはずのネイルチップが戻ってきたのは、呪いのためだった。だから霊能者に頼んで、祓ってもらう。

冗談のような仮説を検証することを、どうかしているとは考えなかった。

もしも生ゴミ処理機に投入したネイルチップが、再び目の前に現れたとしたら。

そんなことが起きたら、自分の内にある何かが壊れてしまいそうに思えて、今はそれを回避するための行動を取るしかなかった。

小高い丘の上にある東屋の木製ベンチに腰掛け、園内の景色を眺めていると、階段を登ってくる人物の黒い日傘が目に入った。

背の低い、ふくよかな高齢の女性だった。おそらく七十代くらいだろう。ベージュのゆったりとしたスラックスに小花柄のブラウス、その上に薄紫のカーディガンを羽織っている。銀縁の丸っこい眼鏡をかけた、どこにでもいそうなお婆《ばあ》さんといった風《ふ》情《ぜい》のその女性は、私に軽く会釈《えしゃく》をすると穏やかに微笑《ほほえ》み、「連絡をくださった植村さん？」と、よく通る声で尋ねた。

その女性霊能者は、志良《しら》と名乗った。ベンチに並んで腰掛けると、事前に電話で大まかな事情は伝えてあったが、ネイルチップを手に入れた経緯や出品者との関係性、これまでに起きたことを改めて説明する。

「では植村さんは、妹さんの代わりにお金を支払って、あなた自身がその出品者の方から、爪につける飾りを買ったということなのね」

志良は慎重な口調で、その点を確かめた。優しそうに見えた志良の目つきが険しくなったのに胸騒ぎを覚えながら、「はい、そうなります」と肯定する。志良は深く息をつくと、「じゃあ、その飾りというのを見せてもらおうかしら」と眼鏡を外した。

バッグから取り出したネイルチップをケースごと渡すと、志良はそれを自分の膝《ひざ》に乗せ、ケースの上に両手を置いて目を閉じた。誰かと会話しているように、志良の唇がもごもごと動く。いかにも霊能者然とした仕草に、なんだか現実感が薄れていく。テレビの心霊番組でも見ているような気持ちで眺めていると、やがて志良は顔を上げ、私の方を見た。だが、目線が合わなかった。

志良は両眼をすがめ、私の背後に視点を留めたまま、小さくうなずいた。思わず振り向くが、そこには誰もいない。寒気を覚えながら志良に向き直った時、彼女が唐突に告げた。

「せっかく頼ってもらったのに悪いけれど、これは私には祓えないわ」

ゆっくりと首を左右に振ると、ケースをベンチに置き、眼鏡をかける。どうしてですか、と食い下がる私をごく平静な顔で見返し、志良は語った。

「あなたは自分でお金を払って、呪いの込められた呪物《じゅぶつ》を買ったわけでしょう。それはあなたと呪いをかけた人との《契約》になるから、第三者である私には祓うことはできないの。金銭の絡《から》んだやり取りってある種、強力な結びつきなのよ」

水から上がったあとのように全身が重たくなり、動けなかった。シャツの背中が、じっとりと冷たい汗で湿っている。

「こうなってしまうと、取り返しはつかないの。方法があるとすれば、呪いをかけた人があなたに代金を返して、あなたが呪物を相手に返すことだけれど、お話を聞いた限り、それは難しいでしょう。だって――」

志良は言葉を切ると、再び私の背後へと視線を向けた。

「当事者はすでに、亡くなっているんだもの」

代金は二万円になると聞いていたが、志良は力になれなかったからと、五千円の出張料だけ受け取って帰っていった。志良が去ったあと、ベンチに一人残された私は呆《ぼう》然《ぜん》とスマートフォンを取り出し、以前にも調べた「高坂朱莉」の名を検索した。あの時は名前を確認しただけで、そのあとに続く記述をきちんと読んでいなかった。

二年前に飛び降り自殺を図った高坂朱莉は昨年、自死によりこの世を去っていた。介護用ベッドの手すりにタオルを結び、首を吊ったとある。朱莉の母親の悲痛な告白が、週刊誌の記事になっていた。リハビリがてらネット通販で好きだった手作り装飾品の販売を始めたものの、後遺症で思うように利《き》き手が動かず、納品が遅いと低い評価をつけられた。前向きに生きようとしていたところで心を挫《くじ》かれ、世の中に絶望したのだろうとのことだった。

指先から力が抜け、スマートフォンを取り落としそうになる。さざなみを立てて光る、青空を映した池の水面に目をやった。

自分のせいで、元同級生が命を絶った。愛菜はその事実を背負って、日々を過ごしていたのだ。

妹ばかりが優遇される状況に、幼い頃から胸の奥で鬱屈《うっくつ》としたものを抱えてきた。愛菜がアイドルとしてデビューしてからも、周囲に姉だとばれて比べられるのが嫌で隠していた。妹の活躍を目にするのが苦痛で、テレビも、雑誌やネット記事も一切見ず、あえて無関心を装《よそお》ってきた。愛菜が実家に戻ったのちは会話を避け、妹に関することすべてに耳を塞《ふさ》いできた。

家族として、もっと支えてやるべきではなかったのか。

私が呪いを受けたのは、自分がしてきたことの報いなのかもしれない——。

内省に沈んでいた時だった。不意に手の中のスマートフォンが振動し、我に返った。液晶に表示された名前を見て、慌てて通話ボタンをタップする。

「植村さん？　赤瀬です。お休みのところ申しわけないけど、今、大丈夫？」

例のプロジェクトの件は、週明けに相談するはずだった。硬い口調に、緊張しながら、ええ、と答える。

「担当の植村さんには、早く伝えた方がいいと思って。ヤマガミ工業、手形が不渡りを出したそうです。銀行に融資を引き揚げると言われて、なんとか倒産は回避しようと頑張ってるようだけど、この状況だと、生ゴミ処理機の製造を頼むのは難しいかもしれません」

赤瀬は出張から戻ったその足で、ヤマガミ工業の社長のもとを訪ねたのだそうだ。

「事前に取り決めていた単価を吊り上げたのは、早急に利益を出す手立てを考えて、銀行に提示しなければいけなかったからだそうです。植村さんにも、本当に申しわけないことをしたと謝罪されていました」

切迫した声で語るのを聞きながら、私は静かに、これまでのことを思い返していた。

妹のスキャンダルで会社を辞めたのち、転職先で初めて自分一人で案を出し、企画を立てた。ようやく試作品が完成し、あと一歩で商品化できるというところだった。

家族の問題に悩み、謂《いわ》れのない呪いまで受けたけれど、絶望している場合ではない。深呼吸を繰り返し、脳に酸素を送る。今できることを、考えつく限り考えた。そうして膝に力を込めてベンチから立ち上がると、赤瀬に告げた。

「生ゴミ処理機の製造について、ヤマガミ工業の社長に、一つ提案をさせてください。前職で同様のプロジェクトを達成した経験があるので、おそらく可能だと思います」

＊

半年後——無事にヤマガミ工業と共同開発した家庭用生ゴミ処理機は完成し、発売されることとなった。

「こんなにさらさらで、生ゴミから作られたなんて思えないよね」

園芸用堆肥《たいひ》の袋詰めを手伝ってくれていた佑美が、感心したように言った。確かに、生ゴミは跡形もなく分解され、こうして触れてもただの土にしか見えない。合成樹脂まではさすがに分解できないはずだが、細かく砕いて入れたので、気づかれることはないだろう。

私がヤマガミ工業の社長にプレゼンしたのは、製品の製造にあたり、クラウドファンディングで資金を募るという計画だった。リターンとして、試作の段階でできた堆肥を園芸用に配ってはどうかと提案した。おかげで経費も最小に抑えられた。

社長との協議から三日で起《た》ち上げたクラウドファンディングのプロジェクトは、広報課時代に培《つちか》ったＳＮＳやニュースサイトでのＰＲスキルのおかげもあって、ローンチから二週間で目標金額を達成できた。

「嫌な臭いも全然ないし」という佑美の言葉に、袋に顔を近づけて確かめる。彼女の言うとおり、生ゴミの臭いも、そして私が悩まされていたあの臭いも、まったくしなかった。

堆肥の原料となる生ゴミに、私はあのネイルチップを爪切りで小さく切って混入させた。そうして生成された堆肥は現在、支援者へのリターンとして、順次配送されている。

支援金を払ってくれた人に対して《契約》として受け渡す形にすることで、呪いに対して新たな結びつきが生じるのではないか。そんな仮説を立てて検証してみたのだが、試みが成功したのか、あのおぞましい爪が再び手元に戻ってくることはなかった。以来、体調不良に悩まされることもなくなった。仕事も順調で、今は新たに微生物によって分解できる生分解性プラスチックをより普及させるプロジェクトを進めているところだ。

紆余《うよ》曲折はあったが、こうして私はようやく自分の裁量で望んだ仕事をするための第一歩を踏み出せたのだ。


充実した一日を終えて定時で帰宅すると、台所に立つ母の手伝いをしながら、今日あったことを報告した。子供時代、母はいつも愛菜の習い事に付き添っていて、こんなふうに母娘の時間を持てたことはなかった。

サラダ菜をちぎりながら、ふとあの時のことを思い出して、つい愚痴をこぼす。

「愛菜がね、まだネイルチップの代金を払ってくれてないの。お母さんからも、一度きちんと言ってくれない？」

それまでぞんざいに相槌《あいづち》を打っていた母が、包丁を置いた。顔を歪《ゆが》めてこちらを向くと、「もういい加減にして！」と叫んだ。

「愛菜は去年、亡くなったじゃない！　例の朱莉って子が自殺してから、SNSで知らない人たちに毎日『死んで詫びろ』って責められて、リビングの、あそこのカーテンレールで、首を吊って――」

母の言葉は、途中から私には意味が読み取れなくなる。愛菜の話題になると、よくそうなるのだ。

「お願いだから、これ以上おかしなことを言うのはやめて。あんたまでどうかなったら、お母さんだってもう、生きていられない」

泣き崩れる母を見下ろすうちに、なぜだか胸が苦しくなってきた。私は、リビングに設《しつら》えられた祭壇に目をやる。母が飾った白の小菊とストック。その隣で――。

お気に入りのステージ衣装を着て、リボンとハートのネイルチップをつけた愛菜が、作り物めいた笑みを浮かべて、何も言わずにこちらを見ていた。

子供の頃の無邪気な笑顔は、もうずいぶん前から思い出せない。思い出すのは、助けを求めているような心細げに揺れた瞳。丸められた小さな背中。ぼろぼろの爪。最《さい》期《ご》に触れた時の酷く冷たく、けれど柔らかな頬。

もう一つだけ覚えているのは、仕事から帰ってきて目にした、リビングのカーテンの膨らみだった。あの日の朝、忙しいからと愛菜の頼みを断ってしまった。新しいネイルチップを買ってほしいと言われたのに。

思い出してはいけない。壊れてしまわないために、浮かびかけた光景を胸の奥に押し込める。自分の内側から、あの嫌な臭いが漂ってきたような気がして、顔をしかめた。

東屋で告げられた、志良の言葉が頭をよぎる。すでに当事者は亡くなっていて、取り返しはつかない。

ごめんね、とつぶやき、愛菜のつるりとした硬い頬を撫でた。

いくら考えてみても、私が愛菜にしてあげられることは、もうなかった。

声《こわ》失《う》せ

一

「武治《たけはる》の時って、ウルトラマン、何だった？」

自販機の取り出し口に手を突っ込みながら、叔父の蔵前英利《くらまえひでとし》は、雑な聞き方でそう尋ねた。いつものように言葉の足りない叔父の質問の意図をどうにか汲《く》み取り、僕は答える。

「ウルトラマン……コスモスだったかな。まだ小さかったから、あまり内容は覚えてないけど」

「そうか。俺はティガだ。あれは名作だったぞ。ＤＶＤもいまだに持ってる」

今年で三十八歳になる叔父の英利は、コーンポタージュ缶で丸っこい手を温めつつ、僕が生まれる前のシリーズ名を挙げた。そして自販機の傍らに仁王立ちする、やけに派手なカラーリングの特大ウルトラマンフィギュアを顎《あご》で示す。

「これがティガだよ。円谷英二《つぶらやえいじ》って須賀川《すかがわ》出身だろ？　それで円谷プロとコラボして設置したんだと。ちなみにこのティガ、夜になると目が光るらしい」

なぜこんなところにウルトラマンが立っているのかという疑問が解け、納得しながら薄く雪が積もる安達太良《あだたら》サービスエリアを見渡した。朝、東京を出る時は晴天だったが、宇都宮インターチェンジで僕が運転を代わった辺りから雨が降り始め、白河《しらかわ》インターチェンジを過ぎる頃には雪に変わった。

「やっぱり完全防寒しといて正解だったろ？　東北最南端の福島でも、二月ともなればこんなもんだ」

叔父は曇った眼鏡をずり上げ、無精髭《ぶしょうひげ》の生えた口元に自慢げな笑みを浮かべる。ふくよかな体を登山メーカーの赤いアウトドアジャケットで包み、暖かそうなスノーシューズを履いた姿は、サンタクロースを連想させた。僕もダウンコートを着込み、ブーツを持ってきていたが、運転中は足が疲れるのでスニーカーのままだった。こうして休憩している間にも、足首から冷気が這《は》い上ってくる。早く車に戻りたかった。

「お――社長、そろそろ出ようよ。おじいちゃんには、昼過ぎには着くって言ってあるんでしょ。遅れると心配するかもしれないし」

叔父さん、と呼びかけそうになり、どうにか軌道修正した。叔父からは常々、甥《おい》の立場でも仕事の際には公私のけじめをつけて接するようにと言われている。

この日、安達太良山の裾《すそ》野の天音《あまね》村に暮らす祖父を訪ねることになったのは、叔父が運営するオカルト系ニュース配信サイト《オカミミ》の記事の取材のためだった。《オカミミ》の編集者兼ライターである僕は《わっくん調査ファイル》という、超常現象や心霊体験について取材し、科学的に考察するコーナーを担当している。ちなみにこの垢《あか》抜《ぬ》けしないコーナー名をつけたのは叔父で、「わっくん」は僕の苗字《みょうじ》の和久《わく》に由来していた。

叔父は昔からオカルトや超常現象といったものに多大な興味を抱いていたそうで、そうした様々な現象についての情報やオカルトグッズ、呪《のろ》いの人形や仮面や仏像を集めては記事にまとめ、個人サイトで発信していた。それが《オカミミ》の前身だったらしい。そのサイトがマニアックな読者の支持を集めて閲覧数を伸ばしたことで、事業化の運びとなった。今では芸能系やエンタメ系など計六つのニュースサイトを運営し、配信記事をまとめた書籍も随時出版している。数年前までは個人事業主だったが、書籍の一冊がベストセラーとなったのを機に法人化し、現在はサイトの広告収入と出版物の印税を収益とする株式会社の代表となっていた。ちなみに事務所の社長室には叔父のコレクションである仮面や仏像が所狭しと飾られ、異様な雰囲気を醸《かも》し出している。

「そういえば姉ちゃん――お母さんは元気にしてるのか」

社用車であるアイボリーのジムニーの助手席に乗り込んだ叔父が、シートベルトを締めつつ尋ねてくる。僕が「最近は仕事終わりに週三回ジムに行ってる」と近況を伝えると、叔父は「マジか」とぎょっとした顔になった。中学校の体育教師である母は弟の叔父より、ひと回りも年齢が上なのだ。

職場結婚した父は数学教師で、理系の父の血を受け継いだ僕は一昨年に都内の私立大学の理学部を卒業した。だが中堅食品メーカーに新卒で入社したその翌年、原材料の価格高騰《こうとう》による経営不振から、会社が倒産した。

就職二年目にして無職となり、さらには大学時代から付き合っていた恋人まで失って絶望の淵《ふち》にいた僕を、なんとか雇ってほしいと頼んでくれたのは母だった。あとになって叔父に聞いたところによれば「あれは頼むというより脅迫だった」とのことだが、叔父は姉の懇願を受け入れ、僕を契約社員として採用してくれたのだった。

サービスエリアの出口から高速道路の本線に入り、スピードを上げていく。路面は濡《ぬ》れているが積雪はない。もし凍っていたとしても、スタッドレスタイヤなので運転に支障はなかった。暑がりの叔父が断りもなく暖房を弱める。

「武治は親父――じいちゃんに会うのは、久しぶりだよな」

叔父の問いかけに、「うん。おばあちゃんの三回忌以来だから」と答えながら、頭の中で年数を数える。祖母が亡《な》くなったのは五年前なので、三年近く福島には来ていなかった。子供時代は毎年、両親とともに盆と正月に帰省していたのだが、大学に入った頃から交通費と忙しさを理由に、足が遠のいてしまっていた。

母と叔父は二人姉弟だ。祖母が他界してから、祖父の蔵前数男《かずお》は天音村でずっと一人暮らしをしている。祖父は小さな山寺の住職をしており、七十八歳となった今も身の回りのことは自分でできているという。とはいえ近年、多少足腰が弱ってきたとかで、この歳《とし》まで独身で身軽な叔父がたまに様子を見に行っては、庭仕事をしたり、家屋や寺の修繕をしたりと手助けをしているらしい。

「ところで、お寺にまつわる言い伝えって、どんな話なの？　母さんに聞いても、そんなの知らないって言ってたけど」

今回、僕らが一泊の取材旅行に出かけることになったのは、叔父が提案した企画の取材のためだった。

叔父が言うには、祖父が住職を務める寛音寺《かんおんじ》には地元の人にしか知られていない、ある不気味な曰くがあるのだそうだ。それを《わっくん調査ファイル》で検証してほしいと頼まれたのだが、その曰くとやらについて、僕はまだなんの説明も受けていなかった。

問われた叔父は「話してなかったっけ」とのんびりした調子で言って、コーンポタージュを一口啜《すす》る。そして「寺というより、鐘についての言い伝えなんだ」と続けた。

「武治はあの鐘、撞《つ》かせてもらったことあるか？」

そう問われ、ないと思うと答えると、叔父は「だろうな」と意味ありげに笑った。

「寛音寺の鐘は江戸時代からあの場所にあるんだが、ある時期から、撞いてはいけない鐘と呼ばれるようになったんだ」

「それって、呪われた鐘とか、そういうやつ？」と聞くと、「どうかな」とはぐらかされた。詳しい話は、向こうに着いてからのお楽しみということのようだ。

しかし——と僕は記憶を呼び起こす。確かに撞かせてもらった覚えはないが、いつだったか帰省した際、夕方頃に鐘の音を聞いたことがあったような気もする。あれは別のお寺の鐘の音だったのだろうか。

そのことだけでも確かめようかと考えた時、僕はそれ以前の重大な問題に気づいた。

「その鐘、撞いちゃ駄目ってことになってるなら、検証なんてできないよね」

《わっくん調査ファイル》は心霊現象や超常現象を科学的な側面から捉《とら》え、なぜその現象が起きたのかを考察するという趣旨のコーナーだ。鐘を鳴らすことができず、実際に検証できないのでは、記事が書けるはずがない。

「まあ、だからその辺は武治が親父に頼めば、なんとかなるんじゃないか。親父、俺には厳しいけど、孫には甘いから」

そんな無責任なことを言ってくる。事前に了解を取ったりはしていないらしい。多分、祖父の機嫌を損ねるのが怖いのだろう。

叔父は今でこそ企業経営者として真っ当な道を歩んでいるが、そこに辿《たど》り着くまでには大学を中退して東南アジアを放浪したり、薬膳《やくぜん》カレー屋を開業しては半年で潰《つぶ》し、祖父や僕の母に借金をしたりと、迷走していた時代があったようだ。それもあって叔父は祖父にもうちの母にも、頭が上がらないのだ。

「それでも撞いちゃ駄目だってことになったら、鐘そのものの材質や形状を調べるとかして、どうにか検証記事にしてくれよ。武治、理系の大学出てるんだろ？」

「理系って言っても、僕は地学と環境学が専門だよ。そもそも、計測機器なんて持ってきてないし」

いつもながらいい加減な叔父に呆《あき》れつつ、僕はウインカーを右に出すと、通気窓から乳牛たちが顔を覗《のぞ》かせる家畜運搬車を追い越した。

磐越《ばんえつ》自動車道に入って一時間弱走った辺りで高速を降りた。本当なら左手に猪苗代《いなわしろ》湖、正面に磐梯《ばんだい》山を望む見事な景色が楽しめたはずだが、降り込める雪のせいでそれらは灰色の雲の下に沈んでいた。フロントガラスに貼《は》りつく綿雪を、ワイパーがひっきりなしに拭《ぬぐ》う。

車窓を過ぎる陰鬱《いんうつ》な風景を横目に四車線の道路をしばらく進んだところで、叔父の指示でスーパーに寄った。祖父に頼まれたという食材や酒を買い込んだのだが、精算を終えてトイレに行くと言ったきり、なかなか出てこない。先に車に荷物を積んで待っていると、十五分ほどして戻ってきた叔父は青ざめ、表情を強張《こわば》らせていた。

「具合でも悪いの？　薬局かどこか寄ろうか？」

そういえば安達太良サービスエリアでも妙にトイレが長かったことを思い出して尋ねると、叔父は眉《まゆ》を曇らせたまま首を横に振る。大丈夫だから出発してくれと言われて車を出したが、とても大丈夫には見えなかった。もしかしてあのことが原因ではないか。再びワイパーをオンにしながら、僕は数日前に同僚から耳にしたことを思い出した。

詳しく知らされてはいないが我が社はこのところ、かなり業績を落としているらしい。あれこれ手を広げすぎて経費がかさむようになったのが一因のようだ。長くトイレにこもっていたのは、金策の相談でもしていたのではないだろうか。

心配が杞憂《きゆう》であることを祈りつつ、再び国道をしばらく進む。徐々に建物の姿が減ってくるのと反比例するように、雪が強くなってきた。すっかり口数が減った叔父は雪が舞う窓の外に顔を向けたまま、シートを倒している。

二キロほど走ったところで交差点を左に折れ、県道に入った。そこからはすっかり山道だった。道の脇《わき》の林には雪が積もっているが、車道は除雪車が入ったあとなのか、薄く雪の膜を被《かぶ》っている程度だ。それでもスリップしないよう、スピードを落として慎重に走る。木々を透かして、渓谷を挟んだ向こうの山肌を縫うガードレールが見えた。あの辺りはもう天音村のはずだ。

しばらく山道を登り下りしたが、対向車は二台だけだった。そうそうすれ違うことはないと思いながらも、曲がり道でしっかりカーブミラーを確認する。その瞬間、グローブボックスの上の叔父のスマートフォンが鳴った。

メールか何かの着信と思われたが、叔父はなぜか見ようとしない。「おじいちゃんからじゃないの?」とうながすと、恐々《こわごわ》といった様子で手に取る。けれど返信を打つでもなく、胸のポケットに仕舞い込んでしまった。

「ねえ、どうしたの。さっきから変だよ」

さすがに見過ごせず問い質す。だが叔父はなんでもないと言うばかりで説明してくれない。そんなふうには見えないと食い下がると、「いいから黙って運転しろ」とうるさそうに顔を背けられた。車内の空気が険悪になりかけた時だった。

「ほら、もう着くぞ」

叔父が前方を指差す。雪で視界の悪いカーブの向こうに目を凝らすと、大きな杉の一枚板に彫られた『ようこそ天音村へ』の案内看板が立っていた。文字の部分が黄色く塗られているのだが、その色がだいぶ剝《は》げてしまっている。

「三時か。大体予定どおりだな」と叔父はカーナビの時計を見る。

「これくらいに着けば、暗くなる前に鐘楼《しょうろう》の写真を撮りに行けると思ったんだが、この天気じゃなあ」

話題を変えようとするように、叔父はわざとらしいため息をつくと、風まで強くなってきた窓の外へと顔を向けた。それ以上尋ねるのを諦《あきら》めた僕は、スピードをさらに落とし、看板を過ぎた道の先でウインカーを出した。

天音村に入ると、轍《わだち》はあるものの、道路は完全に雪道となった。除雪車が来るのは県道までらしい。スタッドレスのジムニーはぐらぐらと揺れながらも林を抜け、田んぼを突っ切る農道に出た。田んぼの向こうにぽつぽつと民家が点在しているが、天候のせいか人通りも、車通りもほとんどない。道の両脇は雪に覆《おお》われているが、確か用水路になっていたはずなので、落ちないように慎重に道の中央を走り続けた。

ほどなくまた山林へと向かう道に折れ、そこからはギアを落として木立の中の坂道を登る。かろうじて車一台が通れる道幅で、冬枯れの雑木と雪の壁に挟まれ、どこにも逃げ場はない。この先には祖父の家以外に住宅はなく、車とすれ違う心配はないはずだった。けれどあたかも帰り道のない異界へと分け入っていくような感覚がして、息苦しくなった。

やがて林が途切れるとようやく視界が開け、降りしきる雪の中に、茅葺《かやぶ》き屋根の上にこんもりと雪を被った古びた山寺が姿を現した。そこだけ修繕したばかりなのか、やけに鮮やかな朱色に塗られた山門が、誘うようにこちらに向かってぽっかりと口を開けている。その手前には裏山を切り崩して作ったと見える広い駐車場があり、目印の赤白のポールが雪から突き出していた。

祖父の自宅は寛音寺の敷地の隣に建てられていた。山門へと続く石段の前を過ぎると、そのすぐ横の日本家屋の庭に車を入れた。エンジン音で気づいたのか、玄関の引き戸が開き、祖父の数男が顔を覗かせる。

「よく来たな。疲れだべ」

雪の中、裸足《はだし》にサンダル履きで出てきた祖父は、頑丈そうな歯を見せて笑った。禿《は》げ頭にニット帽を被っているものの、スウェットの上に半纏《はんてん》を羽織っただけの格好で、寒くないのだろうかと心配になる。

学生時代は柔道部に所属していたという祖父は、身長百七十五センチの僕と変わらない身長で、叔父よりもがっしりとした体つきをしていた。背筋もしゃんと伸びていて、足腰が弱っているようにはまったく見えなかった。

「親父、わざわざ出てこなくてもいいのに」と、助手席のドアを開けた叔父が一面真っ白な庭に降り立つ。玄関の手前には、竹と筵《むしろ》で冬囲いされた庭木が雪に埋もれていた。車外に出ると、この地でしか目にすることのない光景に見惚《みと》れる間もなく、雪風になぶられる。

「まず荷物降ろせ。こったどごでしゃべってたら、武治が風邪ひくべ。今、ストーブ強ぐすっから」

祖父は息子の言葉を無視して、さっさと玄関の方へ戻っていく。確かに市街地と比べて格段に寒い。僕らはジムニーのバックドアを開けると、自分たちの荷物と買い物の袋を手に取り、雪を踏みながら歩き出した。その時だった。

「――はい。ああ、門崎《かどざき》さん」

背後で叔父の上擦った声がした。振り返ると雪の上に荷物を下ろした叔父が、スマートフォンを耳に当てている。

僕は息を詰めて吹雪の中に立ち尽くしていた。その門崎という名には、僕も覚えがあった。と言うより、忘れようがなかった。

ややあって電話を終えた叔父が、重苦しい表情でこちらへ向かってくる。そして僕の顔を見ないまま告げた。

「門崎さんが、ここに向かっている。どうしてもお前と話がしたいそうだ」

二

「その門崎さんって人、ずいぶん仕事熱心だな。こったどごまでわざわざ会いに来るなんて」

「飲食店の経営者でね。仕入れか何かで、こっちに来る用事があったらしいんだ。そのついでに打ち合わせをしようって話になって」

今夜泊まる二階の空き部屋に荷物を運び入れ、一階の居間に向かうと、叔父がそんな言いわけをしているのが聞こえてきた。階段や廊下に以前はなかった手摺《てす》りが取り付けられているのは、叔父が祖父のためにリフォームしたものだろう。祖父はこれから仕事相手が訪ねてくるという息子の話を、なんの疑いもなく信じてくれたようだ。

門崎泰彦《やすひこ》は埼玉県の飲食店のオーナーで、年齢は四十代前半。身長はあまり高くないが胸板が厚く、ジャケットがきつそうに見えるほど腕が太い。間違いなく週三日以上ジムに通っていると思《おぼ》しき体格のその事業家はつい先月、僕が書いた記事にクレームを入れてきた人物だった。

門崎が経営する店舗に取材に行ったきっかけは、「埼玉のガールズバーのカウンターの隅に若い女性の霊が立っていた」という読者からの投稿だった。《オカミミ》には読者の情報提供を募る投稿フォームが設置されており、そこに彼らが体験したという心霊現象や超常現象の情報が寄せられてくることが度々ある。明らかに勘違いだろうというものや、そうでなければ作り話としか思えない話が多く、取材対象となる投稿はわずかだ。しかしそのガールズバーについては、複数の読者から同様の内容が送られてきていた。

僕は件《くだん》の店に潜入取材を行い、こっそり店内の動画を撮影してきた。だがカウンター内に霊と見られる姿はなく、それらしい影すら確認できなかった。ところが、検証の過程で動画の音声を分析した際、明らかにその場にいなかった女性の「いっしょに……」という声が入っていることが分かったのだ。

店舗を特定できないように画面全体にモザイクを掛け、その動画と記事をサイトで公開したところ、なかなかの反響が得られた。オカルト掲示板などでは「いっしょに……」のあとにどんな言葉が続くのかを議論する動きもあった。

しかし動画がＳＮＳで話題になったことで、壁の特徴的な色合いから、それが門崎の経営する店ではないかと推察するコメントがついてしまった。そのコメントが拡散され、霊が出るガールズバーだと話題になっているとわざわざたれ込んだ客がいて、僕の書いた記事が門崎の知るところとなった。

門崎はまず、許可も取らずに店内で動画撮影を行ったことについて、抗議のメールを送ってきた。僕はもっと念入りに加工処理をするようにと会社から注意を受けたものの、責任を追及されることはなく、門崎には《オカミミ》の代表である叔父が謝罪し、動画と記事を非公開とすることになった。

ところが、それで話は終わらなかった。門崎は記事のせいで客足が落ちたとして、会社に対し損害賠償を求めると言い出した。実際にはこの件で話題になって店は繁盛したようだったが、叔父は重ねて謝罪し、少なくない慰謝料を提示した。だが門崎はその金額では納得できないと撥《は》ねつけた。

そしてつい先週、事務所に乗り込んできたのだった。

「あまり人を舐《な》めたことは言わない方がいいですよ。社長さんがそういう態度だと、俺の周りの人間が、勝手に動くこともあるかもしれない」

鍛え抜かれた肉体を黒ジャージで包み、喜平のネックレスと天然石のブレスレットをつけた門崎は、色の薄いサングラス越しに叔父を見据え、低い声で告げた。門崎の後ろには同じく黒ジャージの屈強そうな男が三人も控えていた。叔父は気圧《けお》されながらも、この記事を書いた奴《やつ》を出せという門崎の要求を拒否し、僕を庇《かば》ってくれた。

様子がおかしかったのは、門崎が連絡してきたせいだったのだ。あれ以来、叔父から門崎の話が出ることはなかったので、すでにトラブルは解決したものと思っていた。だがそれは僕を心配させないように、黙っていただけだったのだ。そうとは知らずに叔父を問い詰めてしまったことを、心から申しわけなく思った。

隣の台所でお茶を淹《い》れると、八畳の居間へと運んだ。叔父がお土産の栗まんじゅうの包みを開け、三人でこたつで熱いお茶を啜りながら、両親のことや今の仕事のことなど、しばし祖父に近況を報告する。だがそうしている間にも、これからやってくる門崎のことが思い出され、幾度も黙り込んでしまった。痺《しび》れを切らした叔父に促され、ようやくこたつの上に取材ノートを広げる。

「それで、本題だけど――このお寺の鐘について、伝えられていることを教えてもらえるかな」

「ああ、英利から聞いたが、おっかねえごどば調べでるんだな。特に記録が残っているわけでないから、おらも、ひいじいちゃんがら教わったごどしか知らないが」

祖父は言葉を切ると、南側に面した掃き出し窓の方を見やった。ストーブで温められた室内との気温差で、窓ガラスの下側が結露している。祖父はその向こうに覗く、雪に埋もれそうな茅葺き屋根を眺めながら、まずは寺の由縁について簡単に説明した。

天台宗の寺院である寛音寺が建立《こんりゅう》されたのは、平安時代末期のことだと伝えられている。だが南北朝時代を経て、戦乱の最中にいつしか廃寺となった。それが江戸中期に当時の藩主の命により、再建されたのだという。文献によれば前年にこの一帯で大きな地震があり、土砂崩れによって多くの命が失われたとのことで、その天災で亡くなった人々の弔いのためだったのだろう。

「鐘楼が建てられたのは、それから数年経《た》ってがらだって聞いでるな」

「その鐘って、撞いてはいけない鐘だって言われてるんだよね。いつ頃から、どういう理由でそう呼ばれるようになったのか、教えてほしいんだけど」

ここからが大事な局面だった。僕はペンを握り直して答えを待った。祖父はどう話すか迷うように首を傾げたあと、再び口を開く。

「確かに明治の始め頃までは、そう言われてだんだけど、やっぱり時刻が分からねえのは不便だってんで、話し合って決め事を作ったんだ。撞いではならないのは冬の間だけにして、雪が解げたら撞いでもいいだろうってな」

ならばその禁忌は今では緩和されているということなのか。僕が子供の頃に鐘の音を聞いたというのは、記憶違いではなかった。鐘を撞いてはいけないのが冬場だけなら、お盆の帰省の時には普通に鳴らしていたのだろう。

「雪の中を坂さ登って鐘撞きに行ぐのは大変だから、その取り決めのおかげで、むしろ助かったのさ。それより、聞きたいのは別の話だべ。その鐘がどうして『撞いてはならない』と言われるようになったのか――」

祖父は声を低くすると、妙にもったいぶった言い方で語り始めた。

「あの鐘は、《神隠しの鐘》って呼ばれでるんだ。あの鐘を鳴らすと天狗様が現れ、人が消える。だがら撞いてはならねえって言われだんだよ」

せいぜい不幸が起きる呪いの鐘という程度のことしか想像していなかった僕は、それを遥《はる》かに超える現実味のない伝承を聞かされて、どう反応して良いか分からなかった。天狗《てんぐ》が現れて人が消えるというのは、何かの比喩《ひゆ》なのだろうか。呆然《ぼうぜん》としている僕を置いてけぼりにして、祖父は続ける。

「昔からこの辺りじゃ、猟をするのは冬場って決まってるべ？　冬の間は葉が落ちて、見通しが良ぐなる。雪の上だば獲物を見つけやすい。それに肉だって、寒い方が腐りにくいしな」

まるで関係のない話が始まり、ますます困惑していると、それを見て取ったように祖父は「だがらよ」と続けた。

「その猟師が、山から帰って来ねえごどがあるんだ。それが、鐘を鳴らしたせいだってごどにされた。鐘の音《ね》が、天狗様を呼んだんだって」

だから天狗ってなんなの——とつい声が大きくなる。祖父の濁りのある瞳《ひとみ》は目線が合わず、落ち着かなかった。そもそもさっきから話題が飛躍しすぎだ。からかわれているのだろうかと訝《いぶか》るが、祖父は真顔のままだった。

「武治、うちのメインライターにしては不勉強だな。神隠しと言えば、天狗の仕業っていうのは常識だろ」

二つ目の栗まんじゅうを頬張りながら、叔父が呆れたように言った。そんなおとぎ話めいた常識は聞いたことがないが、反駁《はんばく》する間を与えず続ける。

「人が消えたのを神隠しとするなら、《隠し神》の存在が必要になる。地方によってそれは山の神だったり、鬼だったり、狐《きつね》だったりするが、中でもポピュラーなのが天狗だ」

叔父は自身の興味がある話をする時に特有の早口で、丸い目をきらきらさせている。まるで関心のない類《たぐい》の話だったが、なんとか内容を理解しようと真摯《しんし》に耳を傾けた。

「隠し神が天狗とされる神隠し現象には、色々とそれを示す特徴があるんだ。まず重要なのは、行方不明になった場所が山であること。他には行方不明になったあと発見された人間が、天狗に連れ回されたように衣服がぼろぼろで、傷だらけになっていることだとかな」

それはそのまま山で遭難した人の特徴に当てはまると思うのだが、それを指摘するより先に、叔父は「さらにもう一つ、天狗の仕業だって確定できる要素があるんだよ」と声を張り上げ、人差し指を立てた。

「猟師が行方不明になった日は、朝からよく晴れていた。なのに雪に覆われた山の斜面には、誰のいいいいいいいいい足跡も残っていいなかったんだ」

叔父は真剣な面持ちで「天狗に連れ去られたとしか考えられないよな」と言い添えた。助けを求めるような思いで隣の祖父を見る。祖父は「まあ、そういう言い伝えがあったというのは本当だ」と、苦笑しながら叔父の言葉を肯定した。

「そもそもこの寛音寺には、天狗にまつわる言い伝えが残っているんだ」と、叔父はますます張り切った調子で新たな伝承を語り始めた。頭が痛くなってきたのをこらえつつ、そうなんだ、と気のない相槌《あいづち》を打つ。

「天狗は古くは戦乱の予兆であるとされていたが、のちに堕落した僧侶《そうりょ》が変じて天狗になると考えられるようになった。この寺が南北朝時代に廃寺になったのは、当時の住職が権力闘争に敗れて現世を恨み、天狗と化したからだと伝えられている。何百年の時が過ぎても、天狗の怨念《おんねん》が晴れることはなかった。だからこの寺の鐘を鳴らすと、神隠しが起きるってわけだ。どうだ。いい記事になりそうだろう」

叔父は顔を輝かせて言い募った。けれどいい記事になどなりようがなかった。僕の担当するコーナーは、そうした超常現象に科学的な解釈を施さなければならないのだ。今この場で考えてみても、どんな仮説も立てられる気がしない。

だが、途方に暮れている暇はなかった。叔父が意気揚々と話し終えたその時、スマートフォンの着信音が響いた。

画面を見るなり表情を凍りつかせた叔父が、先ほどまでと打って変わって「ええ、はい。分かりました」と硬い声で応答する様に、相手が誰なのかを悟った。通話を切ると、叔父は済まなそうに僕の方を見て口を開いた。

「門崎さんが村の入口に着いたそうだ。武治、車で先導してきてくれるか」

一緒に行ってほしいと頼んだが、「お前が門崎さんを迎えに行ってる間に、俺は夕飯の準備を手伝うから」と、叔父は頑《かたく》なに同行を拒んだ。

再びダウンコートを羽織って屋外に出る。日暮れの時間を過ぎ、すでに辺りは暗くなっていたが、雪が弱まる気配はなかった。ふかしたエンジンの音が、黒い大きな影となった山に、咆哮《ほうこう》のようにこだまする。

ヘッドライトを点《つ》けて用水路脇の細い道を進み、ようやく案内看板の辺りまで来ると、大型の黒いバンが路肩に寄って停まっていた。一度広い道へ出てUターンし、バンの前にジムニーをつける。バンの運転席のドアが開き、ジャージの上にブルゾンを着込んだ男が降りてきた。僕も慌《あわ》てて車外へと出る。

「あんたが《わっくん》か」

門崎はサングラスをずらすと、下から睨《にら》むような視線を僕に向けた。胃がせり上がるのを感じながら、和久と申します、と名乗る。

「社長も待っていますので、まずは家までご案内します。お話はそこできちんと伺いますから。先導しますので、ついてきてください」

家に帰り着けば、叔父がことを収めてくれるはずだ。まさか僕に交渉させるなんてことはないだろう。こちらの姑息《こそく》な思惑には気づいていない素振りで了承すると、門崎は運転席へと戻っていく。ほっとして車に乗り込み、サイドブレーキを解除すると、一層雪が深くなってきた村に続く道へと分け入った。ルームミラーを覗くと、青みを帯びたヘッドライトを光らせた黒い車体は、ぴったりと後ろについてきている。鋭利な眼光が僕を捉えているように感じられて、すぐに目を逸らした。

「ここ、お寺の来客用の駐車場なんです。広くて停めやすいので、こっちの方に車を入れてもらえますか」

山門の手前でハザードを点けて降りると、僕は門崎の車に手を振って近づいた。目印のポールを指差して説明し、門崎が駐車場に車を入れたのを確認する。それから祖父の家の敷地にジムニーを停め、ドアを開けた時だった。

おお……う、と声が聞こえた。僕は運転席から一歩足を踏み出したまま、身を硬くした。低い、うめくような声。耳の底に漂う音の残滓《ざんし》は不確かな輪郭で、けれどなぜか、女の声だと感じられた。じわりと背中に冷や汗がにじむ。

どこから発せられたものか分からない。耳朶《じだ》に響くような不思議な声音だった。不安に駆られながら、無数の雪粒を落とす暗い空を凝視する。ごおお……うん、と、今度ははっきりと聞こえた。耳がちりちりと痺れ、皮膚が粟立《あわだ》つ。

声ではない。鐘の音だ。

ごおお……ん、と再びそれが撞かれた。山を揺らすような残響が、冷たい空気を長く長く震わせた。あの鐘の音は、こんなにも大きかっただろうか。

「おい、なんだ、あの音は」

張り詰めた声で我に返る。いつの間にかこちらに近寄ってきた門崎が、なぜだか顔色を変えて周囲をきょろきょろと見回していた。

「お寺の鐘ですよ。夕方だから鳴らしたんでしょう」

そう答えながらも、腑《ふ》に落ちないものを感じていた。通常、寺の鐘を鳴らすとしたら暮れ六《む》つ——午後六時のはずだが、腕時計を見るとまだ五分ほど早かった。加えて先ほどの祖父の話によれば、冬場は鐘を鳴らさない決まりではなかったのか。

胸騒ぎを抑え、門崎を玄関まで案内する。引き戸を開けると、すぐに祖父が顔を出した。門崎の風貌《ふうぼう》に不審を抱いたのか、わずかに眉をひそめる。

「鐘を鳴らしてたの、叔父さん？」

門崎の手前、社長と呼ぶべきだったかもしれないが、その配慮をする余裕はなかった。すでに鐘の音は止《や》んでいた。

「ああ、英利がさっき、久しぶりに鳴らしてみたいって言い出してな。この時間に山に入ってる奴はいねえべし、まあ今日くらいはいいかと思ってよ」

祖父は先ほどの神隠しの伝説のことを言っているのだろうが、隣の門崎は怪訝《けげん》な顔をしている。

「もう暗いし、心配だからちょっと見てくるよ。門崎さん、客間で少しの間待っててもらえますか」

「おい、どういうことだよ」

玄関を上がってすぐの客間に案内すると、僕は説明を求める門崎を振り切るようにして再び外へと走り出た。寺の裏手には墓地があり、その脇を抜けて坂を登った先が鐘楼だった。祖父の話によれば墓地の周辺までは、墓参りに来る人のために除雪されているという。

寺の方へと向かいながらポケットからスマートフォンを出し、叔父にかける。だがコール音が数回鳴ったところで、留守番電話に繋《つな》がってしまった。諦めて歩を速める。

すでに辺りは夕闇《ゆうやみ》に沈んでいて、踏み外さないよう注意して石段を登った。

びっしりと雪の張りついた、どこか禍々《まがまが》しく感じられる朱色の山門を抜けると、本堂まで幅三メートルほどの雪を寄せた道が続いている。灯りのない境内から息を切らして本堂の手前まで辿り着くと、右手に墓地の方へと続く同様の道が延びていた。そちらに足を向ける。きゅ、きゅっ、と雪を踏む音が、やけに耳障《みみざわ》りに感じた。顔を起こし、墓地の脇の坂道を登った先にある鐘楼を振り仰ぐ。

石垣に四本の柱を立て、その上に銅葺きの屋根を載せただけの簡素な造りだが、鐘楼としてはかなり大きなものに見えた。こんな状況のせいか、幼い頃の記憶以上に強い威圧感を放っている。屋根の高さは家の二階くらいまであった。そこから吊《つ》り下げられた鐘の高さは二メートル以上あるだろう。山に囲まれた地形で、鐘自体もこれほどのサイズなので、あのように大きく音が反響したのだ。柱の三方には腰の位置に手摺りとなる横木と、その上に太い梁《はり》が渡されている。高さ一メートルほどの石垣の土台部分は雪で隠れていた。

鐘楼までの坂道は除雪されておらず、膝《ひざ》まで雪に埋まりながら苦労して登る。普段運動などしていないので、腿《もも》の筋肉が張り、冷気を吸い込んだ肺が痛んだ。息を吐き出すついでに、叔父さん、と呼びかける。返事はない。

行き違いになったのだろうか。だが他に道はないはずだと周囲を見回して、僕はおかしなことに気づいた。強い不安と困惑に、心臓が激しく脈打ち始める。

足元を注視しながら、残り十メートルをゆっくりと登った。雪が積もった鐘楼に、叔父の姿はない。スマートフォンのライトを点ける。そしてもう一度、辺りの雪の上を探した。だがやはり、それはなかった。

鐘楼へ登る坂道にも、鐘楼の屋根の下の床面にも、叔父の足跡は一つもなかった。

三

寺の本堂の扉は閉じられ、外から南京《ナンキン》錠が掛けられていた。墓地にも人の姿がないことを確認した僕は、急いで家に戻り、玄関の三和土《たたき》に目を走らせた。門崎のいかつい安全靴はそこに並んでいたものの、叔父のスノーシューズはない。代わりに、靴箱の上に叔父のスマートフォンが置いたままになっているのを見つけた。出る時に忘れていったようだ。ジムニーは僕が停めた場所で、うっすらと雪を被り始めている。念のため車内を確認したが、当然誰も乗っていなかった。

台所で夕飯の支度をしていた祖父に、叔父が鐘楼にも、寺の周辺にもいなかったことを伝える。言うべきか迷いながらも、鐘楼に叔父の足跡が残っていなかったことを打ち明けた。

「こんだけ降ってんだもの。足跡なんか、すぐ雪で分かんねぐなるって」

「叔父さんが鐘を鳴らした直後に見に行ったんだよ。そんなに早く積もるはずないじゃん！」

　そう訴えたが、異常なことが起きているとは祖父には伝わらないようだ。

「村の幼馴染《おさななじみ》にでも会って、話し込んでるんでねえか。まあお客さんも来てるんだし、そのうち帰ってくるべ。それより、今日は猪鍋《ししなべ》だぞ。近所の猟師さんが分げでくれてな」

　呑気《のんき》な調子で受け流しながら、祖父は夕餉《ゆうげ》の猪鍋を取り分けた丼《どんぶり》をお盆に載せる。そして驚くべきことを告げた。

「門崎さん、今日は客間に泊まっていぐごどになったがら。夜の雪道ば運転して帰るのが心配だって頼まれでな。確かにこんな天気で帰らせるわげにいがねえし、そうした方がいいって勧めだんだ」

　さらりと言うと、祖父はお盆に山盛りのご飯と漬物、あんこうのとも和《あ》え、さらに瓶ビールとグラスを並べる。

「一緒に食べればいいって誘ったんだけど、それは遠慮されでな。これ持っていったら、俺らも夕飯にするべ。英利ば待ってれば、遅ぐなってしまう」

あまりの事態に愕然《がくぜん》としている僕に皿や茶碗《ちゃわん》を準備するように言い置くと、さっさと台所を出ていってしまった。いくら悪天候だからといって、トラブルになっている相手の実家に泊まるなど普通は考えられないことだった。いったいどういうつもりでそんなことを頼んできたのか。話をする以外に、何か別の思惑でもあるのだろうか。

あれこれと恐ろしい想像が湧《わ》き、泣きたいような気持ちになる。だがどちらにしても、彼はこの家に泊まると決まり、逃げ場はなくなったのだ。叔父はなぜ、あのような状況で姿を消したのかと混乱しながらも、僕はこれから門崎と対峙《たいじ》することになるという事実を受け入れるしかなかった。

叔父がまだ帰らないということは、夕食を運んだ際に祖父から門崎に伝えてもらえた。祖父が戻ったところで居間のこたつにコンロを運び、僕らも夕飯にする。豚肉よりもあっさりした味わいだと聞く猪《いのしし》の肉は、冬場だからか思いのほか脂《あぶら》が乗っていて美味《おい》しかったが、このあとのことを考えると、あまり箸《はし》は進まなかった。

「武治は、昔から食が細がったもんなあ。ああ、門崎さんもそろそろ食べ終わったんでないがい？」

二本目のビールを空にした祖父は、旅番組の流れるテレビに目をやったまま、痰《たん》の絡《から》んだ声で言った。昔よりも酒に弱くなったのか、禿げ頭までほんのり赤くなっている。叔父がいないこともあって、こたつの上の料理は半分近くも残ったままだった。

叔父が姿を消してから、もう二時間が経とうとしている。その間、祖父は一度も、叔父のことを口にしなかった。やはり、どこかがおかしいと、僕は確信した。

「――おじいちゃん。叔父さんがなんで居なくなったか、知ってるんじゃないの？」

思い切って尋ねた。祖父は僕の方に視線を移したが、その問いには答えず、唇を尖《とが》らせてグラスに口をつける。皺《しわ》が刻まれた喉《のど》を反らしてビールを飲み干すと、確かめるように僕に質《ただ》した。

「門崎って人は、本当に英利の仕事相手だのが」

やや垂れたまぶたの下の、祖父の黒目がちな半濁した瞳が、静かにこちらを捉えていた。胸が詰まるような感覚がしながら、僕は言えることだけを打ち明ける。

「仕事で関わっている人だけど、ちょっとトラブルが起きて困ってる」

一瞬、祖父の口元に淡い笑みが浮かんだ。グラスを置くと、テレビに顔を戻す。

「そんだば英利は、鐘を鳴らして、門崎って人を消そうとしたのがもな。失敗して、自分が消えでしまったんだべ」

本気とも冗談ともつかない口調で言い切って、祖父は立ち上がった。そして僕に門崎の食器を下げてくるように言いつけ、そそくさと風呂に入る支度を始めた。

客間の襖《ふすま》越しに呼びかけると、太い声で入ってくるように言われた。門崎はノートパソコンを開き、何か仕事をしていたようだった。ストーブが暑かったのか、ジャージの前を開けていて、タンクトップ越しの厚い胸板があらわになっている。座卓から下ろしたお盆の上に、空になった食器が重ねられていた。

「すみません。社長はちょっと用事があって出たまま、まだ帰っていないんです」

食器を引き取りながらそのことを詫《わ》びたが、門崎は平淡に構わないと返すとサングラスを外し、僕の方に体を向けた。首元の金の喜平ネックレスが揺れ、蛍光灯の光をぎらりと反射する。僕は息を詰めて次の言葉を待った。浅黒い肌に切れ込んだような細い目からは、感情が読み取れなかった。

「社長さんが逃げたんなら、それはそれでいい。俺は和久さんと話がしたかったんだ。あんたが、この動画を撮ったんだよな」

そう言うと門崎は、座卓のノートパソコンをこちらに向けた。モニターには、僕が《オカミミミ》にアップした、モザイクの掛かった動画が映し出されていた。

「あんたが書いた記事じゃ、撮った動画には別に変なものは映ってなかったそうだが、それは間違いないのか」

いったい、なんの話をしようとしているのか。狼狽《ろうばい》する僕を無視して、門崎は続けた。

「うちのキャストたちが、あんたが公開した動画に気味の悪いもんが映ってるって言ってるんだよ」

「いや、そんなはずないでしょう」

門崎の発する凄《すご》みに萎縮《いしゅく》しつつも、さすがにそれには反論した。動画には特におかしなものは映っていなかったし、何より公開したものはモザイクが掛けてあったのだ。仮に何か映っていたとしても、判別できる状態ではない。僕の説明を聞いた門崎は、「だからこんなクソ田舎まで確かめに来たんだろうが」と苛立《いらだ》ったようにオールバックの頭を掻《か》いた。

「元のデータを見せろ。モザイクを外せば、何が映ってんのか分かるだろ」

怒りを含みながらも、どこか切実な口調だった。その迫力に気圧された僕は、急いでスマートフォンを取り出した。画像フォルダの中から、先月撮影した動画を探し出す。座卓に置いて門崎の方に向けると、おずおずと「これですけど」と再生した。

動画はカウンターの中を映している。何かが映り込むことを期待して、端から端までを何度か往復するアングルで撮影したものだった。僕についていた女の子が飲み物を作るのに席を外したタイミングで撮ったので、時間にすれば一分程度だった。さほど広くないカウンターには体にフィットした揃《そろ》いの黒いキャミソールを着た女性スタッフが三人、客と話している姿が映っている。そして奥の方に飲み物を作っているらしい女の子の後ろ姿が映っていた。

やはり何も変わったところはない。だがスマートフォンの画面を見つめる門崎の顔は、明らかに強張っていた。そして談笑する客とスタッフの会話に混じって、例の「いっしょに……」の声が聞こえた瞬間、門崎はびくりと肩を動かした。「ふざけんなよ」と虚勢を張るように吐き捨てると、動画を停止させる。

「おい、なんだよ、これは」と、門崎はそれまでの余裕を失った様相で画面を指した。門崎の指の先には、飲み物を作る女性スタッフの姿がある。

「うちのコスチュームは黒なんだよ！　こいつが着ているのはグレーだ。去年まではその色だったんだ」

門崎の言葉に、画面の女性たちを見比べた。確かによく見ると、キャミソールの色が一人だけ違っている。実際に普段からこの衣装を身につけているスタッフだからこそ、モザイクが掛けられた状態であっても違いに気づけたのだろう。だが、おかしいのはそれだけではなかった。飲み物を作っている女性スタッフの後ろ姿は、奥の方にいるのに、他の女性よりも不自然に大きいように見える。いや、これは——。

「このグレーのやつ、後ろから別の女に抱きついてんじゃねえか。さっきの女の声——『いいいいい一緒に行こう』って、あんたも聞こえただろ！」

聞こえなかったと答えたが、門崎はヒステリックにそう聞こえると言い張った。あまりに動揺した様に、僕は思わず尋ねていた。

「もしかして、このグレーの服の女性に心当たりがあるんですか」

一瞬息を呑《の》んだように黙ったあと、苦々しげな表情で肯定した。

「……一年くらい前に、キャストの女が店の倉庫で手首を切って死んだんだよ。奨学金を返すのにバイトしてるような真面目《まじめ》な奴だったから、色々と悩んでたんだろうな」

血まみれの状態で発見された際、その女性スタッフは店のコスチュームのキャミソール姿だったとのことで、他の従業員の訴えもあって別のデザインに変えたのだそうだ。

門崎が僕に会おうとした目的は、このオリジナルの動画を確認するためだったようだ。それ以外のことは社長である叔父と話し合うと言い渡し、門崎は忌《い》まわしいものを退けるように僕に背を向けた。用は済んだと追い払われ、僕は食器の載ったお盆を下げると客間を辞した。

祖父は九時過ぎにはそろそろ寝ると、自室に籠《こも》ってしまった。僕も洗い物を終えたところで風呂を使い、二階に上がる。二階には祖父の寝室の他に、かつての子供部屋だった洋間が二つあった。念のためもう一方の部屋を覗いてみたが、そこにも叔父の姿はなく、隠れていた痕跡《こんせき》もなかった。

この寒さでは、物置など暖房のない場所に隠れているとは考えられない。いったい叔父はどこへ行ってしまったのか。分からないのは叔父の行方だけではない。消えた足跡の謎《なぞ》についても、まるで説明がつかない。

布団《ふとん》に寝転んでいても、これまでに起きた様々なことが頭を駆け巡り、眠れそうになかった。起き上がり、カーテンを開ける。いつしか雪は止み、低い位置に沈みかけた月が、裏山の雪面を青白く光らせていた。視線を下に向けると、黒々とした大きな鐘楼の影が、あたかも歪《いびつ》な造形の生き物のように屹立《きつりつ》している。

湧き上がる不安と焦燥感に煽《あお》られ、部屋着からジーンズとニットに着替えてダウンコートに袖《そで》を通す。持ってきた荷物の中からペンライトを取り出してポケットに突っ込むと、静かに階段を降りて玄関に向かった。廊下は真っ暗で、すでに客間の灯りは消えていた。ブーツに足を入れ外に踏み出すと、足首まで積もった雪がぎゅっと音を立てた。

庭を過ぎて道路に出る。外灯の光に顔を伏せ、寺の方へと歩き出した。白い息を吐きながら朱色の山門をくぐる時、屋根の雪がほとりと落ちてきて、その気配に身を縮めた。本堂の脇の道を、墓地を横目に進む。葉を落とした桜が細い枝を寒風に震わせ、乾いた音を立てていた。

わずかに残った自分のブーツの痕跡を踏んで坂道を登る。その先にあるものが無性に恐ろしく感じて、足元だけを凝視していた。鐘楼に辿り着くと、太い柱に手を置き、ようやく頭を起こした。張り出した軒《のき》が夜空を覆い隠し、月明かりのない闇に包まれる。その闇の中でじっと僕を待っていたように、巨大な鐘が息づいていた。不意にめまいのような感覚がして、大きく息を吸う。

夕方に叔父を探しに来た時に、足跡が残っていないことは確認済みだ。だから僕は自分がここに何を調べに来たのか、よく分かっていなかった。だがもう一度、どうしてもここを訪れなくてはいけないという思いに駆られていた。

呼吸を整え、足元に目を向ける。多少は雪が吹き込んだようだが、屋根がある場所だからか、僕のブーツの跡はきちんと判別できた。ペンライトを点けて改めて念入りに見渡すが、僕のもの以外の足跡はない。

だがあの時、鐘は確かに鳴ったのだ。この村の周辺に、他に梵鐘《ぼんしょう》は存在しない。

それが放つ存在感に惹《ひ》きつけられるように、僕は恐る恐る、吊り下がる鐘に手を伸ばした。唐草文様の凹凸を撫《な》でると、手のひらから冷気が伝わってくる。鐘の内側に頭を差し入れ、あ、と声を出してみた。反響した自分の声が、自分の声じゃないように聞こえて、ぞっとして立ちすくんだ。

この鐘が、叔父を飲み込んでしまったのではないかと、馬鹿げた考えが浮かんだ。

ここにいてはいけない。そう強く感じながらも、鐘の奥の闇から目が離せなかった。

その暗がりから伸びた白い腕が首元に絡みつき、背中にべったりと柔らかい体が張りつく。息づかいを感じて振り向くと、そこには面影が分からないほどぬらぬらと赤い血にまみれた女の顔がある。女は壊れた人形のようにぱかっと口を大きく開け、何か言おうとする。

悪夢のような妄想が膨らむのを振り払いたくて、わあっと声を上げた。わんわんと反響した自分の叫び声に、両手で耳を塞《ふさ》いだその時——。

いっしょに、いこう。

女の声が、塞いだ耳の奥――僕の頭の内側で鳴った。

もう逃れられない。確信に貫かれ、膝から力が抜ける。

その場にかがみ込み、女の声を追い出そうと言葉にならない声を発しながら頭を振った。胸を強く押さえ、どうにか気持ちを落ち着ける。絶望に囚《とら》われながらも、まだどこかに道はあると、すがるような思いでペンライトを取り出しスイッチを入れた。

救いを探すように鐘の横に下がる撞木《しゅもく》を照らす。

丸い光の確かな明るさに、恐怖に張りつめていた思考が、徐々に現実へと引き戻されていく。

ここには何かがある。導かれるように手摺りに足をかけ、柱に摑《つか》まり体を持ち上げる。そうして軒の部分に光源を向けた時だった。

ひゅっと息を吸い込んだ。全身に悪寒《おかん》が走り、喉の奥でくぐもった悲鳴が漏れる。

ペンライトを持った右手が、ぐっと、何かに引っ張られていた。

指に力を込め、汗で滑りそうになるライトを握りしめる。スチール製のそれはすでに冷たさを失い、人の体温のように生ぬるく感じた。転げ落ちるように手摺りから降り、泡を食って軒下を照らしてみたが、もちろん誰もいない。ますます背筋が冷たくなりつつも、梁やその周辺に入念に光を走らせる。そこで、ある見慣れないものの存在に気づいた。

それが何なのか、考えを巡らせて思い至る。

だとすると、叔父が足跡を残さず、姿を消したのは――。

四

翌朝、様々な事態が立て続けに発生した。僕は寝不足の体を引きずりながらもその都度、それらの出来事に対応した。

まずは早朝、門崎が日の出前に埼玉へ帰ると言い出した。僕は駐車場まで彼を見送ったあと、その足で昨晩あれほど恐ろしい思いをした鐘楼に登った。明るさを増していく空のもと、改めて昨日見たものを確認すると、タイミングを計って明け六つの鐘を鳴らした。

それから家へと戻り、祖父が朝食の支度を始めたのを手伝っていると、叔父のスマートフォンに経理部長を兼任する副社長から着信があった。急用かもしれないので応答し、社長は外出中だと伝えて用件を聞くと、なんと昨晩遅くに東京の事務所に空き巣が入り、社長室の金庫や仏像などのコレクションが盗難に遭ったのだという。僕は社長が戻り次第、折り返し電話をさせると約束した。

「そういうことだから、叔父さんに早く帰ってきてほしいんだけど」と祖父に事情を伝えると、祖父は状況を察したようで「だったら呼んでくるが」と二階に上がっていった。やがて姿を現した昨晩から祖父の部屋に潜んでいた叔父に、会社でトラブルがあったようだとスマートフォンを差し出す。叔父は慌てて副社長にかけ直し、事情を聞いていた。

「おじいちゃん、叔父さんが門崎さんを消そうとしたんじゃないかって言ったよね。本当にそうだと思う？」

台所に戻り、しじみの味噌汁《みそしる》に味噌を溶かしている祖父に昨晩の発言について尋ねる。祖父は菜箸についた味噌を鍋の中に落とすと、「ありゃ冗談だ」と笑った。

「英利には、そったごとでぎねえべ。前に借金取りに追われで逃げできた時も、ずっと隠れではっかりだったがらな」

祖父はその時のことを思い出すように呆れた調子で答えたあと、不意に真顔になった。そして半濁した瞳でじっと僕を見据えると、「人は、そう簡単には、消せるもんでねえよ」と言い添えた。

副社長との通話を終えた叔父は、僕に昨晩のことを平謝りしたあと、すぐに東京に戻らなくてはいけなくなったと説明した。取材は当然ながら打ち切りだという。それから僕らは慌ただしく朝食を済ませて荷物をまとめ、祖父にお礼とお詫びを告げて急いでジムニーに乗り込んだ。

今朝はよく晴れ、気温も高かったが、僕は《神隠しの鐘》の写真を撮りに行くことはしなかった。この件はもう、記事にできないと分かっていたからだ。

「おじいちゃんの足腰が弱ってきたから、家やお寺の修繕をしたって言ってたけど、階段の手摺りや山門だけじゃなかったんだね」

裏山で落雪があり、車が埋まって道が塞がっているらしいと出がけに祖父に教えられ、帰りは回り道をすることになった。やっと県道まで出たところで、僕は叔父に鐘楼で見つけた、例のものについて切り出した。

叔父は僕の言葉に、途端にばつが悪そうな顔になった。

「いや、あれはお前を騙すつもりじゃなかったんだ。門崎さん、こっちがどう言っても納得してくれないから、もう身をかわすしかなくてさ」

「だからって神隠しを装《よそお》う必要はなかったんじゃないの？　あんなものまで利用して」

僕が鐘楼で見つけたのは、電磁石を利用して決まった時間に決まった回数、鐘を打ち鳴らすことができる装置だった。

撞木の上の梁に見慣れぬ機械が取りつけられているのを見つけた時点では、確信は持てなかった。けれどスチール製のペンライトがあれに吸い寄せられたことで、もしやと思い当たった。そしてネットで調べてみて、地方の後継者不足の寺や住職が高齢化した寺などを中心に、《自動鐘つき機》なる便利な製品が普及していることを知ったのだ。それから祖父の部屋をこっそり覗き、叔父がそこにいるのを確認した。

「門崎さんから隠れるついでに、『神隠しの鐘の呪いは本当だった』って記事にできれば一石二鳥だと思ったんだよ」

叔父の告白にほとほと呆れながら、そんなすぐさまやらせだと叩《たた》かれそうな記事を書かずに済んだことに安堵《あんど》した。

「しかし、まさか門崎さんが福島まで押しかけてきたタイミングで事務所に空き巣が入るなんて、踏んだり蹴《け》ったりだよなあ」

肩を落とす叔父に、「それは偶然じゃないかもしれないよ」と返すと、つぶらな目をさらに真ん丸くしてこちらを向いた。

「門崎さんに『俺の代わりに動く奴がいる』って脅されたことがあったでしょ。空き巣に入ったのは、門崎さんの手下なんじゃないかな。門崎さんが僕らと一緒に福島にいる時に空き巣が入ったのなら、門崎さんにはアリバイができる。あの人との間にトラブルが起きたことはみんな知ってるから、万が一にも疑われないように工作したのかもしれない」

話がしたいというだけで福島の山奥までやってきて、しかも一晩泊まっていくなどあまりに不自然だった。動画を見たいという件だって、いくらおかしなものが映り込んでいたからと言って、そこまで急ぐ必要はないだろう。僕と叔父が一緒に遠方に取材に行くと聞いて、事務所が留守になるならチャンスだと考えたのではないか。

そうだったのか……と打ちひしがれたように顔を伏せた叔父を横目に見ながら、僕は心の内で言葉を継ぐ。

本当は叔父さんも、門崎の思惑を察していたんじゃないの——と。

被害に遭った社長室には金庫だけでなく、叔父のコレクションが多数飾られていた。仏像などの価値の測りにくいものには、高額な保険金が下りることもあると聞く。会社の業績を落としている叔父としては、その保険金で収益を補塡できればと考えたのかもしれない。ならば昨晩、大人げなく身を潜めていたのも納得できる。きっとその一晩をやり過ごせば、門崎とのトラブルは解決できると思っていたのだ。

県道の山道を下りながら、天音村の方角へと目をやった。林が途切れた谷の向こうに、落雪の現場が小さく見える。雪に押し潰された車体は、落雪を避けようとしてハンドル操作を誤ったのか、無惨《むざん》にもガードレールにめり込んでいた。

「《神隠しの鐘》のこと、記事にできなくて残念だったな。でもまあ、さすがにあれを科学的に解明するのは無理だと思ってたよ」

不意にそんな励ましの言葉をかけてきた叔父に、無理だと思いながらここまで付き合わせたのかとむっとした。

「一応、仮説を立てるくらいはできたけどね」

叔父には言わないつもりだったが、つい口にしていた。

「あの鐘は、冬場は鳴らしてはいけない決まりだった。そして山に囲まれた地形と鐘自体の大きさから、かなり音が強く反響すると分かっている。気象条件にもよるし、必ずそれが起きるとは言えないけれど、過去に鐘を鳴らしたのが引き金になって雪崩が起きたことがあるんじゃないかな」

振動や大きな音は、雪崩の誘因となる。そもそも寛音寺は、地震による土砂崩れの死者を弔うために再建された寺だった。土砂崩れで樹木が倒されてしまったことで、あの山の斜面は雪崩が起きやすい状態にあったと言える。そして雪崩が繰り返されたために、その樹木の生えない土壌が維持されてしまったのだろう。

「でも、うちの寺には天狗の言い伝えが残ってるんだ。だってあの状況は天狗の仕業としか……」

「足跡のことを言っているのなら、それも説明がつくよ」

必死で食い下がる叔父の主張を、少し気の毒に思いながら一蹴《いっしゅう》する。

「言い伝えでは、『晴れた日なのに斜面に人の足跡が残っていなかった』とされていたよね。それって多分、雪崩が足跡を消しちゃったってだけのことでしょ」

雪崩は晴れて気温が高い時ほど発生しやすいものだ。だから昨晩、叔父が鐘を鳴らしても、何も起きなかったのだろう。

カーブに差しかかり、エンジンブレーキでスピードを落とす。ハンドルを握りながら、吹雪の中で聞いた鐘の音を思い出していた。女の声にも聞こえた、あの残響。彼女は「行こう」と呼んだのだ。その声は、僕と門崎だけに届いていた。

大学時代から付き合っていた恋人は、昨年、僕が失業して間もなくこの世を去った。奨学金の支払いに追われていた彼女は、アルバイト先のオーナーから、もっと金になる仕事があると持ちかけられたと話していた。僕は危ない話じゃないかと忠告したけれど、無職の身ではあまり強く意見することができなかった。そのうち突然彼女と連絡が取れなくなり、半年後、同級生の口から彼女が働いていた店の倉庫で手首を切って死んだと聞かされた。

落雪に潰されていた車は、確かにあの黒いバンだった。運転席側からガードレールに突っ込んでいたので、おそらく無事ということはないだろう。

僕が撞いた明け六つの鐘の音は、門崎を彼女のもとへ連れて行ってくれただろうか。

答えを聞き取ろうとするように窓を少し開けると、雪林を吹き渡る風の音に耳を澄ませた。

影《かげ》祓《はら》え

一

二の腕に触れる奏《そう》の体は、熱く、湿っている。今晩も眠れそうにない。室内のエアコンは、常に高めの温度に設定されていた。我慢できず、奏に背中を向けるように寝返りをうつ。硬いベッドが合わないのか、もうずっと腰が痛くて仕方がなかった。枕《まくら》元《もと》のリモコンに手を伸ばし、少しだけ角度を上げる。

思いのほかモーター音が大きく響いて、奏が起きてしまうのではと様子を窺《うかが》う。白い布団カバーから小さな手足を突き出して大の字になった息子は、穏やかに目を閉じ、すうすうと規則的な寝息を立てていた。寝る前の検温では三十八度台だったが、少し下がったのかもしれない。二歳児らしいぷくぷくとした腕には、寝ている間も刺しっぱなしの点滴のチューブが、体に絡《から》まないようネット包帯で留められている。

日中もこうして大人しく寝ていてくれればいいのに、と小さく息を吐き、左手首のスマートウォッチに触れた。病室の暗闇《くらやみ》に液晶の仄白《ほのじろ》い光が灯り、二十二時半の時刻の表示とともに、ベッドの上の『小児科　9月2日入院　幸田《こうだ》奏さん』のネームプレートが照らし出される。

奏の検査入院の付き添いで、この相模原《さがみはら》市内の総合病院での寝泊まりが始まったのは、五日前の土曜日のことだ。期間は約二週間とのことで、まだあと十日近くもある。息子が入院するのは、これが初めてだった。奏だって頑張っているのだと分かっていながらも、情けないことに、母親である自分の方が音《ね》を上げそうだった。

夜はベッドの寝心地が良くないことを除けば、まだましな時間帯だ。問題は日中で、なかなか熱が下がらない奏は、始終機嫌が悪かった。あつい、かえりたい、アイスたべたい、と様々なことを訴えては、要求が通らないと泣いたり金切り声を上げたり、戦隊ヒーローもののテレビ番組で覚えたキックやパンチを見舞ったりしてくる。二歳児の力でも思い切りやられると痛みは相当なもので、こちらも苛々《いらいら》している時は怒鳴りつけたくなる。しかし、病院スタッフの目があると思うと、それはできない。

どうにか怒りをこらえたところで、いつも胸を穿《うが》つような罪悪感に貫かれる。幼い息子が命に関わる病気に罹患《りかん》しているかもしれないという時に、自分のことしか考えていない。夫の篤史《あつし》にも、真希《まき》は普段から余裕がない、視野が狭いとよく指摘される。

自分を責め始めると、昼間の病室でも嗚咽《おえつ》が込み上げてきて、暴れる奏の肩に顔を押しつけた。昨日も、一昨日《おととい》も、奏と二人で泣いていた。今日は向かいのベッドの中学生の少年に「うるさくてテレビが観《み》られない」とナースコールを押され、看護師からやんわりと注意を受けた。仕方なく奏を抱いて病棟の廊下を歩き回ったが、見舞い客らしいパンツスーツ姿の身綺麗《みぎれい》な女性から気の毒そうな視線を向けられ、人の通らない階段の踊り場でうずくまっていた。

奏を絶対に失いたくない。もしも奏がいなくなったらと想像すると、生まれてすぐの頃のはかないほどの軽さ、おっぱいを吸いながら目が合うと笑顔になって飲んでくれなかったこと、歩き始めの時に腰をかがめて繋《つな》いだ小さな手のくすぐったさといった記憶の小片が次々と思い浮かび、頭がおかしくなりそうになる。

ずっと一緒にいたいはずなのに、奏とともに過ごすこの日々が、私には地獄だと感じられた。

始まりは三週間ほど前の発熱だった。日中は元気に遊んでいた奏が、夕方くらいから元気がなくなり、抱き上げた体の温かさで熱が出ていると分かった。

体温計で測ると三十八度七分で、冷却シートでおでこを冷やしつつ、脱水症状に気をつけて一晩を過ごした。だが翌日になっても奏の熱は三十八度台のままで、下がる気配がないので受診した。小児科医は検査の上で処方箋《しょほうせん》を出してくれた。

「熱が出るのは体の中で免疫反応が起きているからで、それを解熱剤《げねつざい》で下げちゃうと自己治癒力が育たないって聞いたけどな」

その晩、珍しく早くに帰ってきた篤史は、台所で粉末状の解熱剤をりんごジュースに混ぜている私に苦言を述べた。ネクタイを緩めながら、手伝うでもなくただ私の手元をじっと見ている。篤史は病院嫌いで、子供にむやみに薬を飲ませるべきではないという考えだった。大柄な篤史にそばに立たれると、大人に叱《しか》られる子供のような気分になり体が強張《こわば》ってくる。

「でも一日中ぐったりして、今日はアイスをちょっと食べただけなんだもの。このまじゃ奏だってつらそうだし」

それに負けまいと強い声で反論すると、まだ何か言いたげな篤史を無視して薬を与えた。その効果か、翌朝には奏の熱は三十七度まで下がり、少し食欲も出てきた。だが夕方にはまたぶり返し、それから一週間、上がったり下がったりを繰り返した。

再度受診したクリニックでもう一度インフルエンザなどの感染症の検査を受けたも

のの、どれも陰性だった。血液検査でも炎症の症状はなく、発熱の原因は分からなかった。このまま熱が下がらないようなら、大きな病院でさらなる検査を受けた方がいいと言われ、結局紹介状を書いてもらうことになった。紹介先である総合病院でレントゲンやＣＴを撮ったが、それでも診断がつかず、検査入院することが決まった。

未就学児が入院する場合、保護者の付き添いが必要になるということは、この時に初めて知らされた。平日は私が付き添い、土日は篤史に代わってもらおうかとも考えたが、体調を崩して機嫌が悪い時の奏の世話は、私でも手を焼く。篤史も自信がないとのことだった。

実家の手を借りようにも、横浜に住む私の両親は共働きで、その上、自宅で寝たきりとなった父方の祖母を介護している。篤史の母親は篤史がまだ幼い頃に病死し、父親も高校生の時にがんで闘病の末に亡《な》くなったため、頼れる親族はいなかった。

ベッド脇の床頭台で充電していたスマートフォンに手を伸ばす。篤史はもう帰宅しているだろうか。

《今日はあまり熱も高くなくて、ご飯も半分近く食べてたよ》

メッセージとともに、夕飯の時に撮った奏の写真を送る。今日の献立は軟飯《なんはん》とホワイトシチュー、野菜サラダと缶詰のみかんだった。付き添いの親の食事は出ないので、私は売店で買った惣菜《そうざい》パンで済ませた。夕食の時間には、デリカコーナーの棚はほとんど空になってしまう。今日は奏のシャワーの時間と重なったため、昼前に買い物に行けなかったのだ。

やはり帰宅していたようで、ほどなく《良かった》とだけ返信がくる。食品メーカーの開発部で働く篤史は、昨年に課長となってから進捗《しんちょく》の管理や企画部門との調整など新たな業務が加わり、忙しさが増していた。仕事中は緊急の用件でなければ返事も寄越さないのが常だった。

《土曜の面会の時に、コンタクトの洗浄液と、スーパーで何か野菜のお惣菜を買ってきてもらえる？　サラダとか》

着替えなどを持ってきてもらうついでに、売店で手に入らないものを差し入れてくれるように頼む。篤史からは《サラダって何の？》《具体的に種類を言ってほしい》と、細かなことを確認するメッセージが届いた。別になんでもいいのにと、やり取りをするのが面倒になってくる。《レンコンかゴボウ》と返したのに《了解》と返事が来たところでアプリを閉じた。そしてブックマークから、このところ暇さえあれば見返している医療系サイトのページを開く。

奏の今回のような症状を『不明熱』と呼ぶのだと、この病院を最初に受診した時に担当医から聞かされた。診察や検査で原因が特定できず、三週間以上にわたって解熱しないというのが定義なのだそうだ。

医師からは、入院して検査をすれば、おそらく診断はつくと説明されていた。早く原因を突き止めてほしいと願いながらも、私ははっきりとそれを知るのを恐れていた。

これまで何度も繰り返し眺めた《がん情報サイト》内のページの一つ。トップの画像は母親の胸に抱かれてすやすやと眠る幼児のイラストだ。どういった意図なのか、男の子の背中には、小さな天使の羽が描かれている。

——小児白血病。

『不明熱』『原因』で調べたところ、検索結果に並んだ病名に感染症や膠原病《こうげんびょう》とともに、白血病が含まれていた。それでこのサイトで詳細を調べたのだ。

小児白血病の症状として、体のあざや鼻血、歯茎からの出血が挙げられていた。奏はたまに、足や腕にあざを作っていることがあった。活発な子なので、どこかにぶつけたということも考えられる。けれど思い起こしてみると、ここ半年ほどの間に歯磨きの仕上げ磨きで出血したことが幾度かあった。

もしかすると奏は白血病なのかもしれない。あざや出血のことを伝え、心配を訴えると、篤史はどうしてそんなに悲観的なのかと顔をしかめた。

「真希は物事を悪い方に考えすぎなんだよ。これから検査を受けて原因を調べるんだろう？　何も分からないうちから不安がって落ち込むなよ」

篤史の主張はもっともだったが、考えないようにすることは難しかった。

「不安になるなって言われても、なっちゃうんだもの。私は昔から、そういう性格でしょう？　できないことを、やれって言わないでほしい」

追い詰められた思いでそう返しながら、涙ぐんでいた。心情を受け止めてもらえず、ただ指図されたことに傷ついていた。

篤史とは、地元の神奈川県内の私立大学の旅行サークルで知り合った。二学年上の篤史はサークルの副代表を務めており、あまり自分を前に出さずにこちらの話を聞いてくれるというので周囲から慕われていた。私も履修科目の選択に知恵を貸してもらったり、就職活動の際に相談に乗ってもらったりと、付き合っていた当時から頼りにしていた。

だが卒業、就職を経て二十八歳で結婚し、その二年後に奏が生まれてからも、たびたびそうして先輩然とした態度で接してくることに、徐々に反発を覚えるようになった。篤史には昔から言葉が足りないところがあり、当人にその気がなくても、突き放されたように感じることがよくあった。

さすがに篤史もそれ以上、批判的な物言いはしなかった。妻の不安を和らげるべく、何日かして小児白血病の予後について、ここ近年はかなり改善されているのだと、自身で調べたことを説明してくれた。

「四十年前は五年生存率は二割を切っていたらしいけど、医療技術の発達や新薬が開発されたおかげで、今はそれが九割に届くくらいになってるんだ。だからそんなに心配することはないって」

確かに私が見たページの解説でも、白血病は現在では治療によって回復する病気だと書かれていた。けれども、だから安心しろと言われても、ものの感じ方を、感情を変えることはできなかった。ますますつらい気持ちが募り、その場から逃げ出したくなった。

篤史の言うことが正しいのは分かっている。だがそれを認めて、理性的な判断のできない自分を否定すれば、私は支えを失い立っていられなくなる。奏を看病しながら、何が悪かったのだろうと自分を責め続けてきた。真っ暗な夜の海に一人、漂流しているような感覚だった。せめて夫には寄り添ってほしいと願いながら、声を上げられなかった。

ないよ」


「何割だろうと関係ないんだって。百パーセント治るのでない限り、安心なんかできないよ」

　耐えきれず、理不尽に当たり散らした私に眉《まゆ》をひそめ、うんざりしたような表情を見せた。篤史は無口ではあるが、感情が顔に出やすい。私には、その感情は間違っている、変えろと抑えつけるくせに。怒りと、突き放された悲しみに、以来私は口をつぐんだ。

　そうして一旦《いったん》、気持ちに蓋《ふた》をしたことで、精神的な距離が生じてしまったのだろうか。最近は篤史に対して愚痴すら言う気になれず、写真つきのメッセージで奏の様子を伝える以外、事務的な連絡しかしていない。この人に話しても分かってはもらえないという諦《あきら》めと、もう拒絶されたくないという恐怖心が、私を動けなくさせた。

　篤史とのことを思い返すうち、いっそう目が冴《さ》えてしまった。再び寝返りをうつと、腰に加えて背中まで痛み始め、さらにはわずかながら尿意を覚えた。どうせ眠れないのならと、奏が起きる素振りがないことを確かめて体を起こす。

　ベッドから出ると、ルームシューズに足を入れた。点滴のポールを蹴飛《けと》ばさないように注意してカーテンをめくる。四人部屋の病室には他に二人の患者がいたが、親が付き添っているのは奏だけだ。昼間泣き声がうるさいと苦情を入れられた右足を骨折した中学生と、小学校高学年の男の子。病名は分からないが、手術のための入院らしい。どちらも起きている様子はなかった。

スライドドアを静かに開ける。廊下の照明の眩《まぶ》しさに目を細めながら左右を見るが、廊下に患者やスタッフの姿はない。ナースステーションのある方からも、話し声一つ聞こえなかった。ただキーボードを打つカタカタというかすかな音がしていて、人の気配にほっとしながら斜め向かいのトイレへと向かった。

このフロアのトイレはすべて車椅子《くるまいす》で入れる多目的トイレで、あまり使い慣れていないせいか、用を足すのが落ち着かなかった。手を洗っていても、背後に広がる空間の圧を感じ、そわそわしてくる。顔を上げ、鏡に映る心細げな自分と目が合った時、幼い頃に夜にトイレに行くのが怖くて、よく同居していた父方の祖母についてきてもらったことを思い出した。

昔から怖がりな性格で、暗い部屋に自分だけで寝るのも、夜中に一人でトイレに行くのも苦手だった。そうした臆病心《おくびょうしん》からか、幻覚のようなものを見たことさえある。深夜に目を覚ますと、枕元に真っ白な少女が座っていた。少女は衣類を身につけておらず、内側から光る白い影のように、その輪郭だけが見て取れた。

翌朝、両親にそのことを話しても、夢を見たのだろうと信じてもらえなかった。だが祖母だけは、「真希ちゃんは、そういうものが見えるのかもしれないね」と受け止めてくれた。

「でも白い影なら、悪いものではないから大丈夫。きっと真希ちゃんを守ってくれる神様みたいなものだよ」

安心させようとしてか、祖母はそう諭して頭を撫《な》でてくれた。

手首の時計に目をやると、すでに日付が変わっていた。早く休まなければと、あの日の祖母の温もりを思い出しつつ病室に戻る。奏は寝苦しそうに掛け布団《ぶとん》を蹴飛ばし、ベッドの柵《さく》の方まで転がっていた。隣に横たわり、起こさないようにそっとこちらへ抱き寄せる。

タオルケット代わりのバスタオルと布団を掛けてやり、背中を撫でた。パジャマ越しに、ぽかぽかと温かい熱が伝わってくる。愛《いと》おしさが込み上げる。直後、もしこの体が熱を失ってしまったらと想像し、また涙があふれそうになる。

深く呼吸をして、どうにか気持ちを落ち着ける。仰向けになると、薄い枕に頭を押しつけて目を閉じた。奏の寝息に耳を澄ませ、ゆっくりと呼吸を繰り返すうちに、徐々に思考が散り散りになっていく。

眠りに入りかけたその時、ふわりと身体《からだ》が重力を失い、深い穴へと落ち込むような感覚がした。

はっとして薄目を開けた。にわかに夜の闇が濃くなったように、視界が暗く感じられた。まだ目が慣れていないせいだろうか。瞬《まばた》きしながら視線を動かす。ベッドを囲む薄いグリーンのカーテンの足元の辺りが、黒くすんでいるように見えた。なんだろうと頭を起こす。

その黒いものは、音も立てず、あたかも空間を侵食するようにゆっくりと近づいてきた。やがてベッドのすぐ横まで迫ると、黒いものは《頭》を傾《かし》げ、こちらを捉《とら》えた。

ひゅっと息を吸い込む。

それは奏と同じくらいの子供の大きさをした、黒い影だった。

目も鼻もない、ひしゃげたボールのような黒い頭が、薄っぺらい肩の上に不安定に載っている。内側から滲《にじ》み出た黒い粘膜で全身をべっとりと覆《おお》われたような、異形の存在がそこにあった。

顔のない頭の下半分が、不意にめりめりと裂け、《口》が開いた。抱き上げてほしいとでもいうように、私の方へ、ぐねぐねとおかしな方向に曲がった両腕を伸ばす。

悲鳴にならない、細いうめき声が漏れた。恐ろしいのに、目を離すことができない。

布団の中の奏を手探りで抱き、こちらに引き寄せた。さらに闇が濃さを増し、視界が暗くなる。黒い子供は、溶けるようにその闇に飲まれた。目の前が真っ暗になり、高い金属音のような耳鳴りがし始めた。

こんな状況で眠れるはずがないのに、強い睡眠薬でも飲まされたように、目を開けていられなくなる。どうにか抗《あらが》おうとするが、頭が持ち上がらない。握りしめた手の内側に、必死で爪《つめ》を食い込ませた。

やがて混濁していく意識の片隅に、一つの問いが浮かぶ。

祖母は、白い影は悪いものではないと教えてくれた。

では黒い影は、どういったものなのだろう。

二

翌朝は看護師が検温に回ってきて、ようやく目を覚ました。三十八度台の数字が表示された体温計を渡すと、血圧計を外した若い看護師は、「まだちょっと高いですね」と気の毒そうに眉を下げる。それから奏に痛いところはないか、私には奏がトイレに何回行ったかというような聞き取りをした。

奏はまだ半分寝たままで、満足に受け答えができず、そのまま布団に潜ってしまった。昨晩、八時過ぎには眠ったはずだが、やはり発熱で体力を消耗しているのか。

それとも、昨晩のあれが、何か影響しているのだろうか。

寝入りばなではあったが、意識ははっきりしていた。だから夢ではないはずだ。人になり損ねたような、禍々《まがまが》しいあの黒い姿が脳裏に浮かびそうになり、強く目を閉じる。直前に思い起こしていた、幼い頃に見た白い影の記憶が頭にあったこと、また過剰なストレスを受けたことが重なって、あのような幻覚を見たのだろうか。手のひらには、自身でつけた爪痕《つめあと》が赤く残っていた。

考えを巡らせていた時、廊下の方からワゴンの食器がカタカタと鳴る音と、キャスターの転がる音が聞こえてきた。余計なことで悩んでいる暇はなかったと現実に引き戻される。ほどなく朝食の時間となり、配膳《はいぜん》をしてくれる看護助手がトレイを運んできた。

食後、奏をトイレに連れて行きがてら、病棟を散歩することにした。自分の運動不足を防ぐためと、少しでも気分転換をするためだ。人の多い談話室付近を避けて、あまり見晴らしの良くない病院正面側の廊下を歩いていると、奏が「くるま、みたい」と窓を指さした。立ち止まり、駐車場へ入ってくる車や、通用口付近に停まっている救急車を見せてやっていると、背後から声がかかった。

「息子さん、入院してるの？」

張りのあるくっきりした声に振り向くと、濃いグリーンのブラウスに丈の短いジーンズという格好の、ショートカットの小柄な女性が立っていた。服装や髪型が若々しい印象なので年齢が分かりにくいが、目尻《めじり》や首元の皺《しわ》からすると四十代半ばといったところだろうか。太めの眉と、目尻の切れ上がった大きな瞳《ひとみ》。少々鷲鼻《わしばな》気味だが唇はふっくらと厚く、親しげな笑みを浮かべている。その特徴的な鼻の形に覚えがあり、ややあって昨日病棟の廊下で見かけたパンツスーツの女性だと思い出した。

「ええ。土曜から、検査入院で」

突然声をかけられたことに戸惑い、ぶっきらぼうな返事になってしまった。取り繕うように、ぎこちなく笑顔を作る。女性は気にするふうでもなく、「篠原《しのはら》って言います。うちも息子が入院してて——今、中二なんだけど」と自己紹介した。苗字《みょうじ》からすると、同室の中学生とは違うようだ。

「僕、何歳？　お名前は？」

篠原と名乗った女性は、膝《ひざ》を少しかがめると私に抱かれた奏と目の高さを合わせ、声のトーンを高くして尋ねた。奏は女性から顔を背け、私の胸にしがみつく。

「ごめんなさい。熱があって、機嫌が悪いんです。今、トイレに行ってベッドに戻るところで」

言いわけをしながら、体の向きを変えて奏を抱き直す。正直、今、彼女とはあまり話したくなかった。襟の伸びたカットソーの胸元には、先ほど奏にこぼされた朝食のオムレツのケチャップの染《し》みがついていた。

中二の息子なら、付き添いの必要はないだろう。昨日見かけた時もそうだが、今朝も小綺麗《こぎれい》な装《よそお》いで、髪の毛もちゃんと手入れされていた。化粧は控えめだが、良いファンデーションを使っているのか、肌のきめが整っている。

一回りは上と見える彼女が、私よりもはつらつとしている様を見ていると、自分の置かれた状況がみじめに思えた。ぎくしゃくと会釈《えしゃく》し、立ち去ろうとした時、彼女が目の前に回り込んできてぎょっとした。

「ねえ、何か手伝えることとある？」

なぜかやたらと親しげに話しかけてくる彼女を、不審に感じ始めた。いったい何が目的で、私たち親子に近づいてきたのだろう。「大丈夫です。急いでるので」と足を進めようとすると、「うん、大変よね」と分かったようにうなずいてみせる。いよいよ早くこの場を離れたくなったが、苦笑しながら次いで告げられた言葉に、それまで抱いていた彼女への警戒心は消え失《う》せた。

「うちの子も保育園の時、白血病で入院して、付き添いしてたの。一年ちょっとかな。あの頃は本当に、地獄だったよ」

篠原里佳《さとか》は、先月から入院した一人息子の大地《だいち》を見舞うために、ほぼ毎日病棟を訪れていると語った。生まれ年を聞かれて答えると同じ干支《えと》だとのことで、ならば大地は奏と同じく、三十歳で産んだ子なのだろう。

「もし真希さんが欲しいものがあれば、言ってくれたら面会の時に買ってくるから。病院の売店、品揃《しなぞろ》えがいまいちだものね」

「ありがたいですけど、里佳さんもお仕事があるでしょう。そんなに甘えるわけにいかないですよ」

里佳が真希さんと下の名前で呼んでくるので、私もそれに倣《なら》った。

「私、営業職だし、結構時間の融通がきくの。今日もこれから得意先の事業所に行くところなんだ」

里佳は介護用ベッドや車椅子、歩行器といった福祉用具のリース会社で法人営業担当として働いており、平日は仕事の合間に面会に来ているのだという。営業先のほとんどは市内の介護施設なので、よほどのことがなければ一日に一回、顔を出すくらいの時間はあるとのことだった。

「明日は午後の二時頃に来る予定なの。もしそれまでに必要なものを思いついたら、メッセージをちょうだい」

初めて言葉を交わした十五分後、私たちはお互いの素性を少し話しただけで、連絡先を交換していた。夫にわだかまりを抱え、頼れる人のいない病院生活で、私など足元にも及ばない苦境を戦い抜いた里佳と出会えたことが心強かった。

そして翌日、里佳はその言葉どおりコンタクトの洗浄液と、さらには根菜《こんさい》と蒸し鶏の温野菜サラダを、わざわざ駅前デパートの人気惣菜店で買ってきてくれた。

「すみません、厚かましくお願いしてしまって。夫が来てくれるはずだったんですけど、昨日から咳《せき》が出始めたらしくて、病院には行けないって」

夏風邪かもしれないと篤史は電話口で詫《わ》びた。謝られても苛立ちが募り、大人なんだから体調管理くらいしてよ、と心ない言葉をぶつけてしまった。篤史は咳き込みながら「悪い。また連絡する」とだけ言うと通話を切った。それで昨晩、里佳にメッセージを送り、コンタクトの洗浄液を買ってきてもらえないかと頼んだのだ。

《それだけでいいの？　何か食べたいものとかあったら、遠慮しないで言って。ママがストレス溜《た》めちゃ駄目よ》

親身なメッセージに、私は涙が出そうになった。奏の付き添いを始めてから、誰にもこんなふうに温かい言葉をかけられたことはなかった。看護師たちはみんな愛想良く対応してくれるが、どうしても仕事の一環にすぎない印象だった。
《野菜のお惣菜を買ってきてもらえませんか。ゴボウとかレンコンとか、根菜系の》
《分かる！　繊維質は大事だものね》
笑顔とハートの絵文字がちりばめられたメッセージに、《お任せください》というセリフつきの執事のスタンプを添えた返信が届いた。泣き笑いしながら、私も《助かります》と涙するうさぎのスタンプを送った。
「わざわざ駅前まで行ってもらってすみません。でも嬉《うれ》しいです。夫に頼むと、いつも近所のスーパーのお惣菜だから飽きちゃって」
奏は午後からＭＲＩ検査を受ける予定で、少し前に検査室に送ってきたところだった。篤史への愚痴をこぼすと、里佳が「そうなの？　じゃあもっとたくさん買えば良かった」とすまなそうに言うので、「いえいえ、退院したらいつでも食べられますから」と手を振る。
「確かに、奏君は検査入院だものね。大地は再発だから、まだあと何か月掛かるかってところだけれど」

あっけらかんとした口調だったが、どう言葉を返して良いか分からず、黙り込んでしまった。そんな私の反応に気づいてか、里佳が明るい声で誘いかける。

「真希さん、良かったら奏君が戻ってくるまでに、談話室に少しお茶しに行かない？看護師さんに声をかけておけば大丈夫でしょう」

検査には鎮静剤を用いるとのことで、目が覚めるまでの時間を合わせて一時間半は掛かると聞いていた。ナースステーションの看護師に談話室に行くことを伝えると、里佳と二人、ドリンクコーナーでそれぞれカフェオレと紅茶を買った。

窓際《ぎわ》の日当たりの良いテーブルに向かい合って掛ける。半分降りたロールスクリーンの隙間《すきま》から、澄み切った濃い水色の空が覗《のぞ》いていた。眩しそうにそちらに目をやったあと、カフェオレのカップに手を添えた里佳が口を開く。

「真希さんは、お仕事は何かされてるの？」

「出産前までは、介護施設で働いてたんですよ。だから里佳さんのお仕事とも、少し関連しているのかも」

大学の社会福祉学科を卒業し、その後は相模原市内の特別養護老人ホームで介護福祉士として働いていた。施設の名前を告げると、里佳は「そこ、何度か訪問させてもらってたわ」と驚いた顔になった。

「じゃあもしかしたら、その頃に会っていたかもしれないのね。今は育休中？」

問われて首を横に振る。「実は妊娠してすぐ、辞めちゃったんです。ちょっと職場でトラブルがあって――里佳さんもご存じの話かもしれないけど」

私はあまり思い出したくなかった、当時の勤め先での話を持ち出した。

「その頃、職場で入居者のお年寄りが怪我《けが》をすることが続いて、職員の誰かが虐待《ぎゃくたい》しているんじゃないかという疑いを持たれたんです」

怪我はどれも軽傷で、大きなニュースにはならなかったが、行政にも報告されたので福祉関係の仕事をしていれば耳に入ったかもしれない。被害に遭った入居者は、皮膚の一部――ほくろやいぼといったできものが切り取られ、出血していた。当初は自分で引っ掻《か》いてしまったのではと思われたが、同じような怪我が続いたことで外部の医師に確認してもらい、刃物による傷だと分かった。

「内部調査が行われたんですけど、結局誰がやったのか分からないままで、そんなことをする人がいる職場で働き続ける気にはなれなくて。ちょうど奏を妊娠したのも重なったので、退職したんです」

私は正社員だったので待遇面では恵まれていたが、非正規雇用のヘルパーたちは、長時間労働に加えて低賃金の職場環境に不満を募らせていたのかもしれない。さらに一年ほどが過ぎて、再びその老人ホームで同様の事件が起きたという噂《うわさ》を耳にし、あれだけの騒ぎになってもいまだに虐待を繰り返しているのかと、薄ら寒くなった。

「ごめんなさいね。嫌なことを思い出させて」と里佳が話題を変える。それから私たちは互いの実家の話や趣味の話、付き添い入院中の苦労話を打ち明け合った。

私の実家は横浜だが、里佳は中国地方の田舎の集落の出身とのことだった。村の住人や親族には少々迷信深いところがあり、里佳はそれに馴染《なじ》めなかったという。そこで実家を出て関東の大学に進み、結婚して相模原に住むことになったのだと語った。

「奏君、症状は発熱だけ？」

会話が途切れたところで、里佳が何気ないふうに尋ねた。

「足にあざができていたり、歯磨きの時に出血したりもしていて、お医者さんにもそのことは伝えたんですが、まだなんとも言えないって」

迷いつつも正直に答える。里佳は「それは悪い方に心配しちゃうよね」と苦笑いした。

「でも大地の時は結構すぐに診断がついたし、お医者さんがそういう言い方をしてるなら、違うかもしれないわよ。まあ、素人《しろうと》に言われても安心できないでしょうけど」

まっすぐにこちらを見ると、不意に里佳は手を伸ばし、テーブルの上の私の手に重ねた。少し驚いたが、初めて出会った時のような戸惑いは感じなかった。ひんやりとした細い指に、何かを伝えようとするように力が込められる。

「不安になって当たり前。私も同じだった。でも一人で抱え込まないで」

真剣な声で告げると、里佳はふっと表情を緩めた。そしてどこか懐《なつ》かしそうな目で言い添えた。

「旦那《だんな》さんに素直に気持ちを伝えて、頼ればいいじゃない。子育てって、そうして夫婦で助け合ってするものでしょう」


里佳の助言を受けて、私はその晩、篤史に長文のメッセージを送った。

奏の付き添いが体力的にも精神的にも負担であること。

検査の結果、重い病気だと分かった時に、それを受け止められるかどうか自信がないこと。

残り一週間の付き添いを、一日でもいいから休みを取って代わってほしいこと。

少しして、篤史にしては長いメッセージが返ってきた。

《分かった。それで俺は具体的にどうしたらいい？》

《有休の申請は十日前までにする決まりだから、急に休みを取るのは難しいと思う》

三

結局、入院の最終日まで、私は一人で奏の付き添いを続けた。篤史は週明けに体調が回復したからと面会に訪れ、着替えや日用品を持ってきた。埋め合わせのつもりなのか、会社近くのパン店で評判のデニッシュの詰め合わせを買ってきてくれたが、一応はありがとうと言いつつも、私の心は冷え切っていた。

里佳はあれから、毎日私たちの病室に顔を出してくれた。病院の売店では買えないスイーツやお惣菜、さらには奏が喜びそうな仕掛け絵本を差し入れてくれたり、奏が昼寝をしている時などは、短い時間だが談話室に付き合ってくれたりと、細やかな心配りをしてくれた。ここまでしてもらうのは申しわけないと思いつつも、実情としては里佳のおかげで、残りの病院生活を乗り切れたようなものだった。

退院の前日となり、私は里佳にこれまでの感謝を伝え、落ち着いたらお礼をさせてもらう約束をした。

「私、真希さんとはもう友達のつもりでいるんだから、そんなに気をつかわないで。今はご家庭のことを優先してちょうだい」

「いえいえ、里佳さんには本当にお世話になったので、ぜひ。良ければお食事でもご馳走《ちそう》させてください。検査の結果を聞きに行ったりで、まだしばらくはバタバタしそうですけど」

検査結果は退院の翌週に分かるとのことで、医師との面談に行くことになっていた。診断がつき次第、治療のスケジュールが決まるはずなので、そのあとに予定を連絡すると告げた。里佳は遠慮していたが、ひとまずは提案を受け入れてくれた。

「気持ちは嬉しいけど、無理しないでね。何か困ったことがあったら、いつでも頼りにして」

そう言ってくれた里佳に対して、例のことを相談してみようかとも思ったが、やはり変に心配をかけてしまうのではと、話しそびれてしまった。

夜の病室で見た、子供の形をした黒いもの――その日から私は時折、奏の周辺に《黒い影》を見るようになった。

あの時ほど鮮明に判別できたことはない。だが視界の端をちらついたり、瞬きをすると消えたりという不確かな見え方で、それは奏と私にまとわりついていた。

神経がすり減っているためだろうと自分に言い聞かせながらも、黒い影が現れたあと、奏の熱が高くなったり、食欲がなくなったりするという因果関係に気づき、ぞっとした。だがあまりに突拍子もない話で、里佳はもちろんのこと、篤史にも言い出せずにいた。特に篤史は昔から心霊やオカルトといったものを毛嫌いしており、とても打ち明けることはできなかった。

退院の日になっても、奏の熱は三十七度台と三十八度台を行ったり来たりしていた。だが三十九度を超えることはなく、点滴で栄養や水分もとれたからか、いくぶん元気を取り戻していた。

それから家で過ごした数日間は、日常に戻ったことで落ち着いたのか、わがままを言って困らせるようなことはなかった。入院中に私や看護師に世話を焼かれたことで、やたらと甘えるようになってしまったのには辟易《へきえき》したものの、気持ちに余裕ができたおかげで、そんな奏も愛らしいと思えた。

さらに喜ばしいことに、自宅に戻ってからは、一度もあの黒い影を見ることはなかった。やはりあれはストレスが見せた幻覚だったのだと、私はひそかに安堵《あんど》した。

そうして退院から一週間が過ぎた九月下旬の金曜日。検査の結果を聞くため、親子三人で病院へと向かった。面談の間、奏は院内に併設された病児保育室で預かってもらった。

「まず検査の結果から申し上げますが、奏君に白血病や悪性腫瘍《しゅよう》の兆候は認められませんでした。川崎病や膠原病でもなく、可能性のある感染症についても検査を行いましたが、すべて陰性で発熱の原因は特定できませんでした」

私たち夫婦と同世代と見える男性の小児科医は、申しわけなさそうな様子も見せず、淡々と説明した。

「現在のところ、症状としては落ち着いていますし、水分や食事もとれているので、回復してきていると考えて良いでしょう。実際、不明熱のケースのうち二割程度は、原因が分からないまま治癒してしまうんですよ。奏君についても快方に向かっているようですので、このままご家庭で経過観察をしていただければと思います」

医師は伝えるべきことを話し終えると、取ってつけたように「何かご質問があればどうぞ」と眼鏡の位置を直した。篤史が何か言ってくれたらと視線を送るが、こんな時まで無口な夫は困惑したようにこちらを見返すばかりで、口を開く様子はない。腹立たしさをこらえ、必要なことを尋ねた。今後、受診しなくても良いのか、日常で気をつけるべきことなどを聞き取り、面談は終わった。

保育室に奏を迎えに行き、三人で病院を出る。奏を抱いた篤史のあとについて歩きながら、私はまだこの状況を受け止められずにいた。

あれだけ疲弊しながら二週間も入院して、病名を確定できなかった。

医師に確認したところによれば、これまでにない高熱が出た場合か、さらに二週間経《た》っても熱が下がらない場合には受診するようにとのことで、以前かかりつけのクリニックでも出された解熱剤を処方されただけだった。

本当にこのまま治るのか。検査では分からない、大きな病気が隠れているのではないか——と、またじわじわと不安が頭をもたげ始める。

「——何事もなくて、安心したな」

振り返った篤史が、私とは正反対の心情を述べたので、耳を疑った。その場に固まっていると、篤史は「じゃあ月曜から予定どおり、出張に行くから」と続けた。

検査の結果が気がかりですっかり忘れていたが、そういえば以前、熊本に一週間出張するとは聞いていた。だとしてもこのタイミングで家を留守にするなんてどうかしている。慌《あわ》てて引き止める。

「待ってよ。検査の結果は出たけど、熱が下がったわけじゃないでしょう。私一人で一週間も面倒を見させるつもりなの？」

「でも前から決まってたことだし、真希にもちゃんと話してあっただろう。先方にもスケジュールを合わせてもらってるのに、今さらリスケできないよ」

この人を頼るべきではなかった。無力感に襲われながら、自分に言い聞かせる。期待することをやめ、今までどおり距離を置いていれば、こんなふうに突き放されて傷つくことはないのだ。

マンションに帰宅後、私は里佳にメッセージを送り、検査の結果を報告した。

《良かったね！　熱が下がらないことは心配だろうけど、お医者さんがそう言ってくれてるなら、きっと大丈夫よ》

ほどなく返信とともに、飛び上がって喜ぶクマのスタンプが送られてきた。ありがとう、と打ち込みかけ、里佳の内心を想像する。

入院中の里佳の息子の大地とは、面会の制限があるため直接会うことはできなかったが、里佳が写真を見せてくれた。病室で撮ったらしいパジャマにニットキャップ姿で、「眉毛抜けちゃったから、ちょっと人相悪くなってるかも」と冗談めかして笑いながらスマートフォンを渡してきた。

クリーム色のカーテンを背に、里佳とはあまり似ていない、目の細い淡白な顔立ちをした少年が薄く笑顔を浮かべ、少し面倒そうにピースサインをしていた。その画像を目にして、ある細かな点が気になったのだが、あまりじっくり見てはいけないように思えて、すぐに里佳に返したのだった。

愛する息子が白血病で闘病中という時に、他人の子供の検査結果を聞かされ、屈託なく「良かった」と言ってくれた。そればかりか、私の不安な心情を慮《おもんぱか》り、気づかいの言葉までかけてくれる。いったいどんな人生を歩めば、そんなにも強く、優しくなれるのだろう。

それに比べて自分は——と胸が苦しくなる。里佳が助言してくれたのに、夫の篤史との距離は開いていくばかりだった。

篤史は予定どおり月曜の朝に熊本へと出発した。奏と二人だけの暮らしは、思いのほか快適だった。篤史の食事を準備しなくて済むのでご飯の支度も買い物も楽になったし、洗濯物が減ったのも助かった。

そして何より喜ばしかったのは、奏の熱が下がってきたことだ。月曜の朝に一度平熱となり、夕方には三十七度台まで上がったが、一晩経つとまた平熱になっていた。日中も体調が良く、外に出たがるので、マンション前の小さな公園でほんの少し遊ばせた。滑り台を何度か滑っただけだが、奏の回復は私の心をすこぶる明るくさせた。

そうして迎えた水曜日の夜のことだった。その日、夕方になっても奏は平熱を維持していた。夕食が好物のハンバーグだったからか、ご飯をお代わりした奏はずっと元気で、私が洗い物をしている間もリビングを走り回るので、階下の人の迷惑にならないよう注意したほどだった。

熱がある時はシャワーだけにしたり、お風呂を休ませたりしていたが、今日は入らせても大丈夫だろうと浴槽にお湯を張った。奏がいよいよ快方へ向かい始めたことが嬉しく、寝かしつけが終わったら飲もうと、チルド室でビールとグラスを冷やした。

「じゃあ、お部屋で待ってて、ママが呼んだらお洋服脱いでお風呂に来てね」

以前そうしていたように、私が先にお風呂に入り、頭と体を洗ってから浴室のインターホンでリビングにいる奏を呼んだ。来年には保育園に預けて再就職するつもりで、一人で服を脱ぎ着する練習をしていたところだった。

裸で浴室にやってきた奏の頭と体を洗ってやり、一緒に浴槽に入って「いち」「に」「さん」「し」と数を数えた。「じゅう」まで三回数えたら出る約束で、二回目の「じゅう」を数えた時、不意に奏が浴室のドアに顔を向けた。

つられてそちらを見て、温かいお湯の中にいるのに、全身に鳥肌が立った。

脱衣所の照明は点《つ》けたままで、浴室ドアの半透明の樹脂パネルの向こうは明るかった。そこに二歳児の身長くらいの影が立っていた。ドアの外から「ママ」と声がした。奏の声だった。

「ママ、あけて」と、影がドアを叩《たた》いた。同時に、お湯の中の小さな体が、私に抱きついてくる。反射的に引き寄せ、抱きしめた。

その感触が、妙にぐんにゃりと柔らかかった。

はっとして見下ろした瞬間、浴室と脱衣所の照明が同時に消えた。思わず悲鳴を上げ、身をすくめる。

停電だろうか。心臓が別の生き物のようにどくどくと脈打ち始める。脱衣所の方から「ママー、こわい。あけて」と半泣きの奏の声がして、いっそう強くドアが叩かれる。胸に抱いた《奏であるはずのもの》は、言葉を発することなく、私にしがみついている。

いつもぽかぽかと温かかったその体は、ひやりと冷たく、闇の中で黒々とした影のように見えた。救いを求めるような思いで「奏」と呼びかけるが返事はない。脱衣所からは相変わらず、私を呼ぶ奏の泣き声がしている。

徐々に暗さに瞳が慣れてきた。短く荒い息をしながら、目を凝らして、胸に抱いたものの顔を見た。

それは間違いなく、奏の顔だった。安堵した刹那《せつな》、《奏》は、私を黒々とした眼で見つめたまま、めりめりと大きく口を開けた。

ぎっしりと小さな歯の粒が並んだその口内は、地獄へと続いているかのように昏《くら》かった。真っ黒な喉《のど》の奥からずるりと這《は》い出た闇が、視界を覆い尽くし、すべてが影に沈む。

激しい耳鳴りとめまいとともに、意識が遠のいていく。浴槽のふちを必死で摑《つか》み、奏の名を叫んだ。

四

気を失っていたのは、ほんの短い時間だったようだ。

「ママ」と私を呼ぶ声に、はっとして頭を起こし、辺りを見回す。浴室には自分しかいなかった。「奏！」と息子に呼びかけると、浴槽の手すりを摑み、やっとのことでお湯から上がった。泥の中に浸《つ》かっているかのように体が重かった。

浴室と脱衣所の照明はもう点いていた。ドアの樹脂パネルには子供の両の手が押しつけられている。「ママ、あけてー」と、その手がぱたぱたとパネルを叩く。ようやく取っ手を摑み、引き開けると、奏が泣きながら胸に飛び込んできた。涙を溜めた目が真っ赤になっている。

ごめんね、と何度も謝りながら、シャワーで体を流し、一緒にお湯に浸かった。追い焚《だ》きして温度を上げても、歯の根が合わないほど体が震えていた。

風呂から上がり、奏を寝かしつけたあと、リビングで観るでもなくバラエティ番組を流しながら、考えを巡らせていた。あの黒いものはなんだったのか。いったい自分たちの身に、何が起きているのか。

酔っていたわけでもなく、寝入りばなでもない。意識のはっきりした状態で、あのように尋常でない体験をしたことがあまりに恐ろしかった。息子の顔をした、異形の黒い影。しがみついてきた時のぐにゃりとした感触も、はっきりと覚えている。幻覚とは思えなかった。

オカルト嫌いの篤史に話したところで、夢でも見たのだと受け流されるだけだろう。お寺や神社にでも相談に行けばいいのか。どうするべきかと思い悩んでいた時、スマートフォンにメッセージの着信があった。

《その後、奏君の体調はどう？　真希さん、頑張りすぎてない？　困っていることとかあったら、なんでも言ってね》

里佳からだった。続いて《お任せください》の執事のスタンプが送られてくる。

気づけば長文の返信を打ち込み始めていた。もう限界だった。これ以上、一人で抱え込むことはできなかった。

里佳からは、十分ほどで返信があった。

《明日、大地の面会に行く前に、お宅に寄らせて》

午後、約束の時間にインターホンが鳴った。モニターに映る里佳は、普段の明るく若々しい印象とは違う、まるで喪服のような黒のワンピースを着ていた。オートロックを解除して出迎えると、手には濃い藍色《あいいろ》の風呂敷でくるまれた、百科事典ほどの大きさの包みを提げている。簡素な見かけからして、菓子折りには見えなかった。

玄関口で、里佳は目を閉じるとわずかに頭を反らし、鷲鼻気味の鼻をゆっくりと左右に振り向けた。何か臭《にお》うのかと聞いた私に、里佳は曖昧《あいまい》に言葉を濁し、パンプスを脱いだ。その態度に不穏なものを感じながら、リビングへ通す。紅茶を淹《い》れてくると、ダイニングテーブルの向かいに掛けた。

「わざわざ来てもらってすみません。奏は今、隣の部屋に寝かせてます。また具合が悪くなってしまって」

奥のドアに目をやり、唇を嚙《か》む。奏は今朝になって再び熱を出した。それほど高熱ではなかったものの、食欲もなく、昼はプリンを口にしただけで寝てしまった。あの影が現れたからだと、私はすでに受け入れていた。

里佳は「そうなの」と言ったきり、手元に視線を落とし、しばし沈黙した。やがて小さく顎《あご》を引くと、どう話すか迷いながらといったふうに、ぽつぽつと語り始める。

「前にも話したと思うけれど、私、中国地方の田舎の生まれで、ちょっと迷信深い家で育ったのね」

そういえば初めて談話室でおしゃべりした際に、実家のことを聞かされた。なぜここでそんな話が始まったのかと、訝《いぶか》しみながらその先を待つ。里佳は硬い表情のまま、何かを警戒するように室内に視線を巡らせた。それから正面を向くと、静かに問いかけてきた。

「真希さんは《憑物《つきもの》》って言葉、聞いたことある？」

そう尋ねられ、すぐには字面《じづら》が浮かばなかった。続く「狐憑《きつねつ》きとか、犬神憑きとか、色々と種類があるんだけど……」という説明に、ああ、と思い当たる。

子供の頃に読んだ怖い話の本で、そんな言葉を目にしたことがあった。コックリさんをして遊んでいた少女が、狐憑きになったとかいう話だった。私がそのことを持ち出すと、里佳は「それだけ知っているなら充分」とうなずく。

「私の地元には、憑物を使うことを生業《なりわい》とする憑物筋と呼ばれる家があるの。その家の者は様々な動物――犬や蛇、イタチや虫、時には人体の一部を使って憑物を作る。

有名なのは犬神かな。犬を頭だけ出した状態で土に埋めて、何日も飢えさせた上で、その首を刎《は》ねる……そんな儀式で犬神の力を得るとかね」

残酷な情景を想像し、口元を押さえる。「気味の悪いことを聞かせて申しわけないけれど、ここからが大切な話なの」と里佳は表情を引き締めた。

「人に取り憑いた憑物は、手順を踏んだ儀式によって生じたものだから、自然に消えることはない。奏君を救うには、正しい手順に則《のっと》って《影祓《かげはら》え》をする必要があるの」

ちょっと待ってください、と思わず腰を浮かしかけた。

「その、憑物というのと奏に、なんの関係があるんですか」

あまりに唐突な展開についていけず、口を挟む。里佳は「ごめんなさい。話を急ぎすぎたみたい」と詫び、気持ちを落ち着けるように紅茶を一口飲んだ。カップを置くと、隣室で眠る奏を気にしてか、声のトーンを落として続ける。

「真希さんが見た黒い影は、おそらく《外道《げどう》》と呼ばれる憑物よ。奏君と同じ顔をしていたって言ったでしょう。外道は、人の姿を真似《まね》るの。外道を使う憑物筋はごく少数で、正体ははっきりと分かっていないけれど、取り憑かれると事故や病気など様々な災厄が降りかかり、最後には命を落とすとされているの。奏君のこれまでの発熱なんかの症状は、憑物によって引き起こされたものだと思う」

そんな馬鹿なことがあるだろうか。だが思えば入院中、あの影が現れるたびに、奏の体調が悪化した。今朝もそうだった。しかし――。

「確かに、私はおかしなものを見たし、奏は原因不明の発熱が続いています。でも、憑物だなんて……今日初めてそういうものがあるって知ったくらいで、私たちの周辺にそれを取り憑かせるような人がいたとは思えないんですけど」

「普通の人には馴染みがないでしょうけれど、憑物筋は日本各地に様々に存在していて、今も続いているの。これまでに関わった人の中で、誰がそうかなんて分からないでしょう。それに憑物は正しい手順さえ知っていれば、特別な力がなくてもそれを作れるし、扱うことができる。おそらく真希さんに何らかの恨みを抱いていて、なおかつ憑物の知識がある人がいたのよ」

呆気《あっけ》に取られている私に、里佳は眉をひそめて忠告した。仕事を辞めてからの交友関係といえば、たまに公園で挨拶《あいさつ》するママ友くらいで、もちろん彼女たちに恨まれるようなことはした覚えがない。以前の職場の同僚にしても、入居者の虐待についての内部調査の際に施設内に監視カメラを設置するべきだと上長に訴えはしたが、そのことで恨みを買ったとも思えなかった。

奏の発熱は、外道という憑物による呪《のろ》いのためである——私に恨みを抱いた誰かがそれを取り憑かせたのだという里佳の主張は、やはりなかなか飲み込めなかった。どう言葉を返して良いか分からず、黙り込んでいると、里佳は隣の椅子に置いていた風呂敷包みに手を伸ばした。

「真希さんにとっては考えられないような話だろうけど、私の同級生にもそういう家の子がいたのよ。だから集落の家々には、その呪いを受けないように、憑物を防ぐための手法や、祓うための手法が代々伝えられてきたの」

テーブルに置いた包みを解くと、長方形の白木の箱が現れた。里佳は手前の角に指をかけ、静かにそれを開けた。中には白い半紙の束と細い筆。幅三センチ、長さ二十センチほどの木製の棒状のもの。手拭《てぬぐ》い。そして携帯用と見える、小瓶に入った墨液が仕舞われていた。

里佳は箱の中のものをテーブルに並べ、墨液の蓋を外した。そして思い詰めた顔で木製の棒を右手で掴むと、鞘《さや》から抜いた。ぬらぬらと光るそれは、よく研がれた小刀だった。里佳が出し抜けにその切先を自らの手のひらに当てる。

「ちょっと、何を——」

大声を上げた時には、白い掌に赤い線が走っていた。里佳は左手を握り込み、流れる血を墨液の小瓶に落とした。

こちらの狼狽《ろうばい》など気にする素振りも見せず、里佳は手拭いで左手の傷を簡単に手当てすると、筆を手に取り、瓶に差し入れた。自身の血を混ぜた墨をつけると、半紙を広げる。そして口の中で何事かを唱えながら、そこにさらさらと経文のようなものを書きつけた。崩し字なのか、あるいは梵字《ぼんじ》などが混ざっているのか、何と書かれているのかは判別できなかった。

十数行にもおよぶそれらの文字の羅列を書き終えると、里佳は不意に立ち上がった。無言で小刀を握り、隣室の方へと歩を進める。瞬間、金縛りが解けたかのように体が動いた。

「奏に何をするんですか！」

慌てて追い縋《すが》って彼女の手首を摑んだ。里佳は我に返ったようにこちらを向くと、

「ああ、違うの。奏君の髪の毛が必要なのよ」と私に小刀を寄越してくる。押しつけられたそれは、柄の部分が生温く湿っていた。数本でいいからと言われ、寝ている奏を起こさないように、その細い髪の毛を切り取った。

いったい私は何をさせられているのか。なんの説明もなかったが、異を挟める雰囲気ではなかった。リビングへ戻って小刀とともに渡すと、里佳は先ほどの判読できな

い文字の書かれた半紙の中央に奏の髪の毛を置いた。包むようにして半紙を折りたたみ、私の方へと差し出す。

「これを家から一番近い神社の敷地内で燃やして」

そこへ出向き、半紙の包みを燃やせば、奏に取り憑いた憑物——あの黒い影を祓うことができる。里佳はそう語った。言われている内容は理解できるが、その意味が、頭の中を上滑りしていくような感覚だった。とてもじゃないが、これが現実のことだとは思えなかった。

「奏君を救えるのは、母親のあなただけなのよ」

半ば呆《ほう》けた頭に、里佳の確かな言葉が響く。その声に押され、そろそろと半紙に伸ばした手に、里佳が自身の手を重ねた。乾きかけた血のぺとりという感触に、思わず腕を引こうとすると、ぐっと握りしめられる。

「ただし、燃やしているところを絶対に誰にも見られないで」

こちらの目を覗き込むように見つめ、里佳は警告した。

「憑物はそれを作る時や使う時、そして祓う時も、人に見られてはいけないという決まりがあるの。もしも誰かに見られたら、それですべては失敗——影に喰われる」

穏やかに眠っていた先ほどの奏の姿に、黒い影がずるずると這い寄る様が浮かび、ごくりと喉が鳴った。

「奏君の命が懸かっているの。私の言ったことを信じなくてもいい。けれど手順だけは、きちんと守って」

切実な声で訴えると、華奢《きゃしゃ》な手に指先がうっ血するほど強く力が込められる。その痺れと痛みに追い立てられ、私は彼女が真実を述べているのだという考えに縋った。

「――分かりました。やってみます」

熱に浮かされたように、気づけばそう口にしていた。


四日後の晩、夕方近くに帰ってきた篤史は、一週間留守にした気兼ねからか、やけに口数が多かった。熊本で食べた名物の話をしたり、そうかと思えば自分がいない間の奏の話を聞きたがったりした。私は「ずっと奏の体調が悪くて疲れているから」と篤史の言葉を遮り、奏を寝かしつけると早めに布団に入った。

そして深夜過ぎ。篤史の寝息が聞こえてきたのを確認すると、夫婦の寝室で一緒に寝ている奏を起こさないように布団を出た。洗面所で手早く着替え、玄関に向かう。靴箱に隠したバッグに、あらかじめ自宅の鍵《かぎ》と例の半紙、そしてアウトドア用のガスライターを入れてあった。そっとドアを開けて外廊下に出ると、音を立てないように施錠する。エレベーターに乗り込み、八階から一階へと降りた。

里佳とも相談し、影祓えを実行するのは週明け、篤史が出張から帰った晩にすると決めていた。誰にも見られずに燃やすとなると、奏を置いていくことになる。両親のいない家に奏を残して外出することは、近い距離であってもできなかった。

時折立ち止まっては周囲を確かめながら、目当ての神社には二十分程度で到着した。数台分のスペースの駐車場には、防犯のためと見える明るい照明が点《とも》っていた。それを避けるようにして鳥居をくぐる。

二十段ほどの急な石段を登ると、すぐそこが境内だった。左手に手水舎《ちょうずや》、正面に狛《こま》犬《いぬ》が座し、その向こうに本殿があるだけの小ぢんまりとした佇《たたず》まいだ。狛犬の手前には灯籠《とうろう》を模した外灯が設置され、橙色《だいだいいろ》の光が弱々しく付近を照らしている。

ふと見ると右奥の朴《ほお》の木の陰に、胸ほどの高さに伸びたツツジの生垣に囲われた小さなお稲荷《いなり》様があった。闇に沈んだ光景の中で、赤く塗られた社と狐の前掛けだけが、暗い色彩を放っている。敷地の周囲は竹林となっており、人に見られる心配はなさそうだが、それでもできる限り人目につかないようにとそちらへ向かった。もう一度辺りを見回したあと、社の前にかがみ込む。靴の裏と玉砂利が擦《こす》れ、きゅっと耳障《みみざわ》りな音を立てた。

社の扉は閉じられているが、その格子《こうし》の奥の暗がりに何かがいるような気がして、顔を上げることができなかった。急いでバッグから半紙とライターを出すと、ライターの先端を半紙に近づける。本当にこんなことで奏を助けられるのか。今になって湧《わ》いた疑念を頭の隅に追いやり、スイッチを押し込んだ。

一度目は火花が散っただけだったが、二度目で火が点いた。半紙の端が黒く色を変え、炎がゆらめく。生き物のように火は半紙を舐《な》め、穴を穿《うが》ち、そして大きくなった。指先が炙《あぶ》られ、思わず地面に取り落とす。灰色の煙が立ち、焦《こ》げた臭いが漂った。咳き込みそうになり、口元を覆う。

炎が半紙を燃やし尽くすのを、息を詰めて見守った。細かな火の粉《こ》を散らしながら、やがて熾火《おきび》のように小さくなっていき、再び辺りは闇に包まれる。すべてが灰になったところで、それを玉砂利に紛れさせた。そして腰を上げようとした時だった。

ぱきっ、と、小枝が折れたような音が遠くに聞こえた。

はっとして振り返り、首を伸ばす。生垣の向こう、石段の辺りで、何者かの黒い影がよぎったような気がした。

誰かに見られたら、影に喰われる。里佳の言葉が、警報音のように頭の中で繰り返される。

慌てて立ち上がり、そちらへと走る。鳥居に続く石段を見下ろしたが、その脇《わき》の駐車場にも、人の姿はどこにもなかった。

心臓が破裂しそうなほど、激しく脈打っていた。きっと気のせいだ。誰にも見られてはいけないと心が張り詰めていたから、そんな幻影を見たのだろう。そう自分に言い聞かせた。

帰り道を急ぎながら、私は里佳にメッセージを送り、手順どおりに影祓えを行ったことを報告した。深夜に迷惑だと気づかう余裕もなかった。帰宅して奏が何事もなく寝入っているのを確認し、隣の布団に潜り込むと、そのまま泥に沈むように眠りについた。

里佳から返信があったのは、数時間後のことだった。翌朝、目を覚まして枕元のスマートフォンを手に取り、アプリを開くと、いつもちりばめられている絵文字もスタンプもない、単調な文面がそこにあった。

《すぐにお返事できなくてごめんなさい。病院から呼び出しがあって、先ほど、息子の大地が息を引き取りました》

五

影祓えを行った翌朝以降、奏の体調はすっかり回復した。だが同じ日に一人息子を亡くした里佳に、それを告げることなどできなかった。どうにかお悔やみだけは伝えたが、葬儀は家族だけで執り行うとのことで参列は叶《かな》わず、また香典も遠慮願いたいと言われてしまった。

何をすることもできず、私はしばらくの間、こちらから里佳に連絡をしなかった。なんと言葉をかけて良いのかも分からなかった。かけがえのない存在に旅立たれてしまった里佳の胸の内を思いながら、もしも奏があのまま命を落としていたらと想像し、胸が張り裂けそうになった。

篤史には、入院中に親しくなったママ友の息子が白血病で亡くなったということだけ話した。奏が元気になったからか、篤史は気の毒がりつつもさほど関心のない様子で、私の心痛に寄り添ってくれることはなかった。

大地の訃報《ふほう》から二週間近くが過ぎた頃、奏が三十九度の高熱を出した。

あれ以来、奏はずっと平熱で体調を崩すことがなかったので、インフルエンザか何かだろうと、すぐに小児科を受診した。だが感染症の検査はどれも陰性で、解熱剤だけ処方されて帰ることになった。

　そんなはずはない。影祓えは成功したのだ。疑心に駆られそうになるのを必死に抑え込む。しかし薬を与えても、奏の熱は下がらなかった。食事もほとんどとれず、総合病院を受診しようと支度をしていた時、インターホンが鳴った。応対に出て、モニターに映ったその姿に息を呑《の》んだ。

　訪問者は里佳だった。事前に連絡もなく訪ねてくるような、非常識な振る舞いをするタイプではない。里佳は落ち着きなく視線をさまよわせながら、「ちょっと聞きたいことがあって」と告げた。髪の毛はぼさぼさで、鷲鼻には脂《あぶら》が浮いている。モニター越しでも生え際の白髪が光っているのが分かった。

　こちらの都合は後回しにして、彼女を招き入れた。玄関先で改めてお悔やみを述べたが、里佳は上の空といった気配で何かを探すように首を回している。どうぞと声をかけ、リビングに通した。汗じみた白いブラウスに鮮やかな花柄のフレアスカートという、どこかちぐはぐな格好をした里佳は、出されたコーヒーに手をつけることなく、今度はじっとテーブルの一点を見つめていた。空いた隣の椅子には、ぺしゃんこに潰《つぶ》れたエコバッグが無造作に置かれている。

「――それで、里佳さん。聞きたいことって？」

今日のうちには奏を病院に連れて行きたかった。用件を切り出すでもなく、焦点の合わない目で貧乏揺すりをしている彼女に痺れを切らしてうながす。里佳はゆっくりとこちらへ顔を向け、食い入るように私の顔を見つめた。

「あの夜の、影祓えの時のことなんだけれど」

ざらついた声が発せられ、とっさに身を引きかける。それを逃すまいとするように里佳はテーブルに両手をつき、にゅっと私の方へ首を伸ばした。

「真希さん、誰かに見られたんじゃない？」

小枝が折れたような音。石段を横切る何者かの影。それらの記憶が脳裏をよぎったが、なんとか表情に出さずに首を横に振る。「見られてないです」と答えた声が、自分のものではないように聞こえ、居心地が悪かった。

里佳は探るように、しばし無言で私の目を覗き込んだ。真っ黒な虹彩《こうさい》をじっと見つめ返すうち、その果てのない深淵《しんえん》に吸い込まれそうな恐怖を覚え、知らず息を止めていた。

やがて里佳はふと視線を外すと、がさがさとエコバッグの中をまさぐり始めた。

「だったら、これは必要ないのかもしれないけれど、一応、真希さんに預けておくわ」

言いながらバッグから取り出したのは、以前にも渡された半紙だった。はっとして彼女の手をよく見ると、手のひらに血のにじんだガーゼが貼《は》られている。半紙にはあの日に見たのと同じように、経文と梵字が混じったような筆文字が書かれていた。

何事かを口の中で呟《つぶや》きながら、里佳が半紙の表面を撫でる。やがて低い声が途絶えると、丁寧な仕草でそれを半分にたたむ。私の目を見ず、こちらへ差し出しながら、絞り出すように告げた。

「もしも影祓えに失敗したのだとしたら、今度こそ奏君は、影に喰われる」

半紙に添えた薄い手が震え始める。テーブルの上に、ぽたぽたと水滴が落ちた。

「子供を失うって、身が千切れるようにつらいの。本当に何をしてでも、取り戻したいって思うくらい」

影祓えを、やり直せと言っているのだ。そう私は受け取った。

どういった道理なのかは分からない。だが彼女の言葉から推察すると、私が影祓えに失敗した——それを行うところを誰かに見られたために、代償として大地が影に喰われたということなのか。

そうだとすれば私を責めて当然なのに、里佳は非難を口にしないばかりか、奏を救うために、もう一度影祓えを行えと言ってくれている。

どうしてそんなことができるのか。なぜそのように他者のために尽くせるのか。憑物の存在が当たり前のように認知されていた、彼女の育った特殊な環境が、その人格形成に影響を与えたのだろうか。私には到底理解が及ばないところだが、ともかくこれで奏を助けられるのだ。それ以外のことは、今は考えられなかった。


日付が変わる頃に降り出した雨が上がるのを待って起き出すと、厚手の黒いパーカーを着込む。念のため折り畳み傘をバッグに入れ、濡《ぬ》れたアスファルトを踏んで神社へと向かった。今度こそ誰にも見られまいと、何度も周囲の音に耳を澄ませ、辺りを見回した。

先日と同じように、ツツジで囲われたお稲荷様の社に向かう。境内を注意深く見渡し、人の気配がないことを確かめてから、奏の髪の毛を包んだ半紙に火を点けた。燃え尽きるのを待ったあと、再び周囲を確認する。

今度こそ、誰にも見られなかった。マンションへ戻ると、エントランスのオートロックを抜けてエレベーターのボタンを押す。降りてくるのにしばらく待たなければならず、気持ちが焦《あせ》った。これで奏は元気になる、もう大丈夫だと自分に言い聞かせる。

拭えない不安に追われるように玄関に飛び込むと鍵を掛けた。

　室内はしんと静まり返っていて、奏が起きた様子はない。左手首のスマートウォッチに触れる。時刻は午前三時になろうとしていた。早く寝室に戻ろうとスニーカーを脱ぎかけて、液晶の仄かな灯りに光る《それ》に気づいた。

　三和土《たたき》に私のものではない、濡れた靴跡が残っている。

　外道は、人の姿を真似る――。一瞬、黒い影のことが頭をよぎったが、なんとか平静を保ち状況を把握しようとする。篤史が帰ってきたのは夜十時過ぎ。その時点で雨は降っていなかった。そういえば先ほど、一階までエレベーターが降りてくるのに時間が掛かっていた。それは私のあとにエレベーターを使い、この部屋のある八階まで戻ったからではないのか。

　こめかみがどくどくと脈打ち始める。篤史はいつ、なんのためにマンションの外に出たのだろう。

　私が家を出る時に寝室にいたことは間違いない。起こして確かめるべきか。焦りで思考がまとまらず、涙が出そうになりながら立ち尽くしていた時、不意に寝室のドアが開いた。

「何してるんだ。こんな時間に」

灯りも点けずに玄関にいた私に、篤史が訝しむように問いかける。

「あなたこそ、どうしたの」

とっさに答えが出てこず、尋ね返すと、篤史は「トイレだよ」と不機嫌そうに言った。

「奏の好きなジュースを買い忘れちゃって。コンビニにあればと思って、行ってきたところなの」

夜中の外出の理由としては不自然だが、篤史はそれ以上、何か言うことはなかった。そのままトイレに向かおうとするのを迷った末に呼び止める。

「ねえ、今日帰ってから、家の外に出た？」

ドアのレバーに手をかけた篤史は、しばし動きを止めた。隙間から漏れる照明の光に浮かぶ横顔が、別人のもののように感じられた。篤史はこちらを見ないまま「いや、出てないよ」と平淡な声で言うと、中へ入った。

洗面所で着替えをし、少し時間を置いてから寝室に戻った。篤史はすでに眠っているのか、あるいは寝たふりをしているのか、反応はなかった。静かに寝息を立てる奏の隣に横たわり、布団をかけ直してやりながら、どうにか心を落ち着ける。

半紙を燃やした前後のことを、もう一度よく思い出した。今回こそは絶対に、誰にも見られなかった。だからきっと奏は助かるはずだ。不安を押し殺しながら目を閉じ、眠りについた。

翌朝、奏の熱は三十七度台まで下がっていた。影祓えは成功したのだろうか。確信が持てないまま朝食の準備をし、出勤する篤史を送り出した。

私も篤史も昨晩のことは話題にせず、奏の体調のこと以外、ほとんど話さなかった。どうして篤史はあんな遅い時間に外出し、しかもそのことを私に隠そうとしたのだろうか。

「——ママ、おきゃくしゃん」

昨晩の篤史の不審な行動についてあれこれ考えながら洗い物をしていると、ソファーに横になっていた奏が不意に声を上げた。点けっぱなしにしていたテレビの子供向けアニメでは、ちょうど宅配便が届くシーンで、インターホンの音が鳴っていた。

手を拭《ふ》いて奏を抱き上げる。血色の良いほっぺに触れると、起きた時よりも熱が下がっているようでほっとした。くすぐったがって身をよじる奏を、「お客さん、誰かな？」と、インターホンのモニターの方へ連れて行ってやる。奏は来客があった時、いつもモニターを覗きたがるのだ。

子供らしい勘違いをしている奏に、残っている履歴からどれか適当なものを見せてやろうと画面を開いた時、覚えのないサムネイルが目に入った。その日時を確認し、どくんと心臓が跳ねる。強張る指を伸ばし、再生ボタンをタップした。

自分の見ているものが、信じられなかった。なぜこんな事態が起きたのか。数十秒にわたる録画の再生が止まったあとも、その場に立ち尽くしたまま、画面を凝視していた。

飽き出した奏が足をばたつかせたので我に返り、ソファーに座らせると、スマートフォンを手に取る。すぐにでも里佳に連絡を取らなければならない。なんと切り出そうかと考えながらメッセージアプリのトーク画面を開いて、異変に気づいた。

私が最後に送ったメッセージのあとに、小さな文字で《篠原里佳は退会しました》と表示されている。

息子を失ったショックから、SNSのアカウントを削除したのだろうか。アドレス帳を開き、以前教えてもらった電話番号にもかけてみる。「この通話はお繋ぎできません」とメッセージが流れた。着信拒否されているらしい。

ただならぬものを感じ、奏が検査入院していた総合病院に電話をかけた。小児科病棟に繋いでもらい、お世話になった看護主任に尋ねる。

「二週間前に亡くなった、篠原大地君のご遺族にお香典を送りたいんです。ご住所か連絡先を教えていただけないでしょうか」

看護主任は明らかに戸惑っている様子で、「少々お待ちいただけますか」と通話を保留にした。やはりそうした個人情報を教えてもらうことは難しいのだろう。上長に確認を取ってくれているのかもしれないと、祈るような気持ちで待っていた。やがて保留が解除されると、看護主任はすまなそうに告げた。

「篠原大地君とおっしゃいましたが、そういう名前のお子さんは、当院には入院していませんでしたよ。小児科病棟では、ここ一か月の間に亡くなったお子さんはいませんけど」

六

昼前から、奏の熱が上がり始めた。三十九度を超えたところで処方された解熱剤を与えたが、午後を過ぎても下がる気配がなかった。少しでも何か食べさせようとしても首を左右に振るばかりの奏を、茫然《ぼうぜん》自失のままで看病した。

続けざまに大きな衝撃に襲われ、気持ちの整理が追いつかなかった。苦しげに呼吸

する奏に寄り添いながら、篤史に帰ったら話したいことがあるとメッセージを送る。奏が

奏の入院中、頼れる人もなく追い詰められていた私に手を差し伸べてくれた。奏が小児白血病ではないかと不安に苛《さいな》まれていたあの時、彼女の存在がどんなに頼もしかったか。

さらには奏の発熱は何者かがかけた呪い――外道という憑物によるものだとして、あの黒い影の祓い方を教えてくれた。自らの息子を失うことになっても、奏を救おうと力を尽くしてくれたのだと感謝していた。

その何もかもが、偽りだったのだ。

奏はこのまま治らないのか。なぜ奏がこんな目に遭わなくてはいけないのか。まさか本当にこの子を失うことになるのか。小さな背中をさするうち、気づけば涙がこぼれていた。

篠原里佳――今やそれが本当の名前かも分からない。スマートフォンの写真の少年が、彼女の息子だというのすら嘘《うそ》だったのか。

思えば最初に例の写真を見せられた時に、疑問に感じたのだ。病棟のカーテンは薄いグリーンで統一されているのに、少年の背後に写り込んだカーテンはクリーム色だった。里佳とまったく似ていなかったことからしても、あれはどこか別の病院で撮ら

れた他人の子供の写真だったのだろう。

　出身地や福祉用具のリース会社で営業をしているという経歴も、でたらめだったのだろうか。すべてが作り話であったなら、奏の体調不良が呪いによるものだという話も信じなくて良いことになる。だが奏の発熱の原因は、検査入院しても分からなかった。まして私が見たあの黒い影も、理屈で説明のつくものだとは思えない。憑物に関する限り、里佳の言葉が真実だったとすれば――。

　外道を奏に取り憑かせたのは、里佳自身だったのだ。

　奏の原因不明の発熱は、そもそもが里佳がかけた呪いのためだった。そして私に近づいて巧みに信頼させ、操っていたのだ。

　私とはなんの接点もないはずの彼女が、なぜここまでのことをしたのか。

　里佳とは年齢はひと回り違うし、私が以前働いていた特別養護老人ホームに営業に訪れたことがあるとは言っていたが、直接会った記憶はない。

　しかし彼女の目的は、今や見当がついていた。もしも私の想像どおりのことが起こり、それによって奏が標的とされたのだとしたら、私は決して彼女を、そして彼を、許すことはできないだろう。

　鍵の回る音がした。奏が寝入っているのを確かめて、静かに体を起こす。すでに窓の外は暗くなっていた。リビングへ向かうと、篤史がこちらを振り返る。「早かったんだね」と声をかけると、無言でうなずいた。

ダイニングテーブルに向かい合ってかける。思い詰めた表情の篤史に、「昨日の夜のことなんだけど」と切り出した。

この人と夫婦で居続けることは、もうできないかもしれない。

それでも奏のために、すべてをはっきりさせなければと、私は腹を決めた。

「なんで出かけていないなんて嘘をついたの」

私の問いかけに、篤史は目を見開くと、どこまで知られているのかを探るように押し黙った。往生際の悪い態度に苛立《いらだ》ちながら席を立つと、壁の方へ進む。そして乱暴な手つきでインターホンのモニターを操作した。履歴の一番上にある、昨晩午前二時過ぎのデータを再生する。

『はい』と応答する篤史の声。次いで『篤史さん』と呼びかける女の声が、しんとしたリビングに響いた。

「どうしてこの人は、こんな時間に訪ねてきたの。あなたに、なんの用があったの」

うつむいたまま硬直している篤史に問いかける。

液晶画面の中、こちらに向かって艶然《えんぜん》と微笑《ほほえ》みかけているのは、華やかなワイン色のニット姿の篠原里佳だった。

「……彼女のこと、知っていたのか」

絞り出すように篤史が言った。かすかに震える唇が色を失っている。こんなにも動揺している夫を見たのは初めてだった。

「この人の方から近づいてきたの。ただの親切な人だと思ってた」

私は奏の検査入院中に里佳から声をかけられた時のこと、そしてこれまでに起きたことを語って聞かせた。呪いや憑物といった話を信じてもらえるか分からなかったが、私が病院やこの家で見た黒い影についても、ここへ来てようやく打ち明けた。

篤史は言葉を挟むことなく、組み合わせた手を額に押しつけて聞いていた。私が話を終えると、指をほどき、がくりと肩を落とす。そしてこちらを見ないまま告げた。

「俺と別れてほしい」

頭に血が上りかけ、テーブルの下で強く拳《こぶし》を握り込む。奏の身が危険にさらされているという時に、全部投げ出して逃げるつもりなのか。最初から二人で私を欺《あざむ》いていたのか。非難の言葉を浴びせようとした時、篤史が無念さのにじむ声で続けた。

「俺が彼女のもとに戻れば、外道を祓ってやると言われた」

ゆっくりと頭を起こし、篤史がこちらを見つめる。その眼差しから、憤《いきどお》りと、固い決意が伝わってきた。

「昨日、彼女がそう要求してきた。奏を救うには、それ以外に方法がない」

どういうことなの、と上擦る声で問い質《ただ》す。

篤史は深く息を吐くと、昨晩のことを明かした。突然訪ねてきた里佳を奏のいる家に上げるわけにもいかず、篤史はエントランスの外まで出て、彼女と話をしたのだという。里佳は奏の命を救いたければ、自分と一緒に暮らすようにと強要してきたのだそうだ。

「彼女の実家に、そうやって人を呪う方法が伝わっているというのは聞いていたよ。人間の体の一部を憑代《よりしろ》として、外道という憑物を作るんだと」

やはり憑物について彼女が語ったことは真実だった。里佳は同級生の家の話としていたが、彼女の生家こそが憑物筋だったのだ。

「あの人から、外道の祓い方について、何か聞いていないの」

祈るような思いで尋ねる。里佳から教わったやり方で影祓えを行ったが、奏は回復しなかった。彼女は私にあえて間違った方法を伝えたのではないかと訴えると、「確かに、それは影祓えのやり方じゃない」と篤史は暗い顔で肯定した。

「外道を作るのに使った憑代を飲み込むというのが、影祓えの唯一《ゆいいつ》の方法なんだ。その憑代は、彼女が決して人の目に入らないように隠し持っているはずだ」

憑代を彼女から奪えたなら、自分が飲み込むつもりだったと篤史は言った。そのためにも彼女のもとに戻ることを許してほしいと、切迫した語調で懇願する。

最初に神社で半紙を燃やした時、小枝が折れるような音を聞いたことを思い出す。憑物は作るところも、使うところも人に見られてはいけないと里佳は言っていた。彼女は私になんらかの儀式を行わせ、それを自ら覗き見ることで、私を陥れようとしたのかもしれない。そして二度目の際には、私が出かけた隙にこのマンションを訪れ、篤史に接触した。

里佳から教えられた影祓えは、まったくのまやかしだった。それで奏を救えるのだと思い込んで、彼女の言うがままになっていた自分が許せなかった。

悔しさに黙り込んでいた私に、ぽつりと篤史が告げた。

「彼女は、元々は奏に危害を加えるつもりはなかったと言いわけしてた。奏を標的にしたのは、仕方なくやったことだって。だから俺が真希と別れたら、いずれは奏と三人で暮らしたいと話してた」

耳を疑う言葉に、我知らず立ち上がっていた。がたんと椅子が倒れる。激昂《げっこう》のあまり、眼前に陽炎《かげろう》が生じたかのように視界が歪《ゆが》んだ。

「そんなこと、絶対に許さない。奏に憑物を取り憑かせて苦しめた張本人に、あの子を渡せるはずないじゃない」

震える声で、断固として主張する。

「俺だって、彼女を奏に近づけたくなんかない。だけどこのままじゃ、奏は助からないんだ」

外道に取り憑かれた者には事故や病気などの様々な災厄が降りかかり、ついには命を落とすという。そして影祓えを行う以外に、それを祓う方法はない――。

「どうして……あんな人と関わったの」

一緒に奏を守り育てていくはずの夫が、この事態を引き起こしたということが、何よりも苦しかった。今さら言っても仕方のないことだが、篤史を責めずにはいられなかった。

「ごめん。でも……」と、力なくうなだれた篤史が、弁解めいた口調で返そうとした。

その瞬間、張り詰めた理性の糸がぷつりと切れた。

「自分のしたことが分かってるの？　あなたが私と奏を裏切ってあんな女に手を出したせいで、奏が殺されかけてるんだよ！」

隣室に奏が寝ていることを忘れて叫んでいた。インターホンの履歴に残った映像。

篤史の名を呼ぶ里佳は胸元の開いたニットを装い、頬を上気させて愛おしそうにカメラを見つめていた。

怒りと絶望が炎のように燃え立ち、声を上げて泣いた。謝罪を重ねる篤史の言葉も、初めは耳に入らなかった。そしてようやくそれが聞き取れた時、自分がとんでもない思い違いをしていたことを知った。

「本当にすまない。けれど父親が里佳さんと再婚した時、俺はまだ中学生だったんだ」

七

「父があの人と再婚して、三年だけ一緒に暮らしたんだ。でも高校生の時に父が亡くなって、その時点で縁は切れているから、わざわざ話す必要もないと思って」

再びテーブルの向かいに掛けた私に、篤史は継母だった里佳との関係を、思い出したくなさそうに淡々と語った。

父親が里佳との再婚を決めたのは、篤史が中学二年生の時だった。私と干支《えと》が同じだと言ったのは本当だったようで、二十年前——当時三十六歳だった里佳は、甲斐甲《かいが》斐《い》しく夫とその連れ子である篤史の世話を焼いた。

特に篤史に対しては入浴中に背中を流そうとしたり、添い寝しようとしたりと、過剰なほどの愛着を示した。一度は脱いだ下着に顔をうずめている姿を目にしたこともあり、以来洗濯は自分でするようになったという。

だが気分にむらがあり、機嫌を悪くすると何日も口を利《き》かなくなった。何が逆鱗《げきりん》に触れるか分からず、篤史たち親子は里佳の顔色をうかがって暮らしていたらしい。篤史にものを頼む時、彼が何をどうしてほしいのか細かいことまで確認するのは、そうした継母との生活で常に緊張を強いられていたからかもしれない。

再婚後に一度だけ、篤史は里佳の実家に連れて行かれたことがあったのだそうだ。里佳は旧家の一人娘で、彼女の両親は篤史のことを「これで後継ぎができた」と、強引に養子縁組しようとしたらしい。篤史の父親がそれはできないと断ってくれたが、里佳は残念そうにしていたという。

「父が死んだ時、里佳さんはこのまま俺の面倒を見ると言ったけど、あれ以上一緒に住むのは耐えられなかったし、何より彼女の実家と関わりを持ちたくなくて、父方の親族に事情を話して籍を抜いて出て行ってもらった。成人までは父方の叔父が後見人になってくれて、それからずっと一人で暮らしてきたんだ」

篤史は里佳との縁を切った経緯を、そのように説明した。

「完全に関係を断っていたから、真希と結婚したことも言ってなかったんだけど、奏が生まれたのをどこで聞きつけたのか、二年前に急に連絡してきたんだ。孫に会わせてほしいって。奏とあなたとはなんの関係もないって拒否して、それからしばらくは何もなかったんだけど、去年、また電話がきて」

　里佳の父親が亡くなり、このままでは家を存続させられない、篤史か奏に篠原家に養子に入ってほしいと頼まれたのだそうだ。

「そんなこと、できるわけがないとはっきり言ったよ。もう連絡してこないでほしいと伝えて着信拒否した。それで終わったと思ってたんだ」

　だが里佳は諦めていなかった。生家に伝えられてきた手法で外道を作り、それを奏に取り憑かせた。そして奏を人質に、自身の要求を通そうとしている。

「そんな身勝手で嘘ばかりつく人の言葉を信用できるはずないじゃない。あなたがあの人のところに戻ったからって、約束どおり外道を祓うとは思えない。他に方法はないの？」

「だから俺が彼女から憑代を奪って、影祓えをするって言ってるだろう」

　だがその手段すら、成功するかどうかは分からない。彼女が隠し持つ憑代を見つけられなければ、そもそもが叶わないのだ。それにたとえ見つけたとしても、影を祓う唯一の方法というのは——。

「ねえ……憑代って、何からできているの」

怖々と尋ねる。人の体の一部から作ると説明されたが、実際にそれがなんなのかは、聞かされていなかった。そんなものを飲み込んだりして大丈夫なのか。篤史は「知らない方がいい」と拒んでいたが、私が引き下がらないと見ると、渋々教えてくれた。

そんなものを——。おぞましさに吐き気をもよおすと同時に、過去に起きたある出来事が脳裏をよぎった。

もしかするとあのことも、一連の事態に繋がっていたのではないか。

奏の命が懸かっている。万が一のことがあってはいけないと、慎重に思考を巡らせた。里佳が以前、憑物の作り方や使い方、影祓えについて、決まりごととして語っていた内容を注意深く思い返す。そしてようやく一つの結論に至ると、篤史に告げた。

「奏に取り憑いた影を確実に祓える方法が、見つかったかもしれない」

＊

——三日後の金曜日。私は病院近くのカフェのテラス席で、数日ぶりに篠原里佳と対面していた。篤史に呼び出されたものと思い込んでいた里佳は、やってきた私を見るなり訝しむ表情になったが、話し合いを拒否して帰ることはなかった。

この日も福祉用具の営業の途中なのだろう。パンツスーツ姿の里佳は店員を呼ぶと、悪びれた様子もなくコーヒーを注文した。飲み物が運ばれてきたところで、私はまずは一度目の影祓えの時のことを里佳に確かめた。

「あの時、私のあとをつけてきたのは、里佳さんですよね。私が儀式をしているところをあなたが見ることで、私を影に喰わせるというのが目的だったんですか」

人に見られたら、影に喰われる。奏を救うためだと私に偽りの儀式をさせながらも、あの言葉だけは本当だった。

「——生垣の陰になって見えないなんて思わなかったから。目論見《もくろみ》が外れてしまったわ」

里佳は不快そうに眉をひそめ、私の追及を肯定した。枝を踏み折る音を聞いただけで姿は確認できなかったが、やはりあの場にいたのは里佳だったのだ。

しかし今、そのこと以上に意味を持つのは、彼女が儀式を行うところを見ていなかったと分かったことだ。

「あのあと、あなたは私に『誰かに見られなかったか』と、しきりに確かめましたね。

あれは『見られてしまった』と認めさせるためだったのではありませんか」

鬼気迫る様相で尋ねられ、その時は息子の大地を亡くして憔悴《しょうすい》しているのだと受け取った。だがそうではなかったとすると、里佳にとっては、あのやり取りで私の言質《げんち》を取ることが重要だったのではないか。

「そのとおりよ。真希さんが『見られた』と信じて認めてくれてたら、それで終わってたのに」

その時のことを思い出してか、里佳が苦々しげな顔になる。反対に、私は表情に出さず、心の内でほくそ笑んだ。

「今日、あなたに来ていただいたのは、お願いがあるからなんです」

私はまっすぐに里佳を見据えた。

「奏に取り憑かせた外道を、祓ってください。あなた自身が」

一息に告げる。里佳は呆気に取られた表情をしたあと、さもおかしそうに笑い出した。

「そんなことを言うために呼び出したの？　私、これでも忙しいのよ。そもそもなんで私が、そんなことをしないといけないの」

里佳はあざけるように言って足を組んだ。その笑みに皮肉の色が交じる。

「それがあなたのためだからです」

「憑物を使って人を思いどおりにするのは間違っているなんて、説教臭いことを言うつもり？　けれど真希さんだって、その力を手にしていたら、どうしたかしら」

挑発めいた問いかけに、少しだけその状況を想像して、首を横に振る。

「少なくとも、人を傷つけることには使わなかったと思います。あなたにとっては、それが普通のことだったんでしょうけれど」

「分かったようなことを言うじゃない」

カップを叩きつけるようにソーサーに置くと、里佳がこちらを睨《にら》みつける。

「本当のことでしょう。あなたは過去にも外道を取り憑かせて、邪魔な人間を排除してきた」

切り込んだ刹那、里佳の目が泳いだ。やはり間違いなかった。私はこの機を逃さず言葉を継いだ。

「篤史さんから、外道の作り方の詳細を教えてもらいました」

顔色を変えた里佳に、まだ温かさの残るコーヒーを一口飲んで告げる。

「人の体の一部――正しくは体にできる、いぼや腫れ物を切り取って憑代とするんだそうですね」

篤史が教えてくれた憑代の正体は、なんとも気味の悪いものだった。他人のできものを削《そ》いで儀式に使うなど、常軌を逸している。だがそれを聞いて、私は以前の勤務先で起きたトラブルのことを思い出した。

「以前、あなたにお話ししましたよね。私の元の職場の介護施設で、入居者のお年寄りが虐待される事件が起きたって。いぼやほくろを切り取られて、怪我をしたんです。職員の誰かがやったものだろうと内部調査をしたけれど、犯人は分からないままでした。あなたは、私の職場に営業のために出入りされていたそうですね」

視線を逸らし唇を嚙《か》む里佳に構わず先を続ける。

「その当時に出入りしていた福祉用具のリース会社について、何か覚えていることがないかと前の同僚に聞いたら、教えてくれました。営業社員が体調を崩したとかで、担当者が代わることが何度もあったって……里佳さん、自分の意に沿わない相手に外道を取り憑かせていたんじゃないですか」

里佳の額に、薄く脂汗が浮いていた。落ち着きなく足を組み替えると、「だからなんだっていうの」と、虚勢を張るように胸を反らす。

「憑物はそれを作る時も使う時も、人に見られてはいけない。きっと奏に取り憑かせた外道の憑代も、肌身離さず持っていますよね」

私はバッグからスマートフォンを出すと、テーブルに置いた。小さく息を吸い、核心に触れる。

「あの事件が起きた時に、私、施設内に監視カメラをつけた方がいいと提案したんです。その後どうなったか知らなかったんですが、同僚が教えてくれました。同じようなトラブルが続いて、一年後にカメラを設置したそうです。職員で不審なことをしている人はいなかったそうですが、取引先の営業社員については、まさかそんなことはしないだろうと注意を払っていなかったかもしれませんね」

私はスマートフォンを手に取った。

「同僚から、録画のデータを送ってもらいました。犯人に心当たりがあると言ったら、ぜひ確認してほしいって。まだ見ていないんですが、今この場で再生してみましょうか」

私の言葉に、里佳は挑むような目でこちらを見つめた。

「嘘よ。映っているはずがない」

頰を歪めて笑う。「そうでしょうか」と、私はスマートフォンを操作しようと目線を落とす。そして異変に気づいた。ちらちらと視界の端で何かが動いている。

初めは、里佳がまた貧乏揺すりをしているのかと思った。だが里佳はうつむいたまま歯を食いしばり、身を硬くしている。

テーブルの下でぐねぐねと蠢《うごめ》いているのは、地面に落ちた里佳の黒い影だった。

里佳は鷲鼻をひくつかせ、食い入るように奇妙な動きを続ける自身の影を見下ろしていた。やがてその影が地面を離れ、パンプスのつま先を舐めると、助けを求めるように天を仰ぐ。そしてとうとう脚を這い上り始めた時、ひいい、とみっともない悲鳴を上げ、膝に置いたバッグの中を凄《すさ》まじい恐慌ぶりで掻き回した。目を血走らせ、摑み出した何かを口に放り入れる。

周囲の客が視線を向けるのを気にする余裕もない様相でカップに手を伸ばすと、コーヒーでそれを流し込む。

この二か月、こんな人間に私たち家族は苦しめられてきたのかと思うと、悔しさと虚《むな》しさが込み上げた。奏は命を奪われかけ、そして篤史は再び人生を縛られるところだった。いっそ影に喰わせてしまえば良かったのかもしれないが、そうなると私も彼女と同じところへ堕《お》ち、奏の母親でいられなくなる。

「一つだけ、分からなかったことがあるんです」

手の甲で唇を拭い、肩で息をする里佳に、伝票を摑みながら最後に切り出した。

「どうして私でなく、奏を標的にしたんですか。初めから私に外道を取り憑かせていれば、素性を隠して私に近づく必要も、影祓えだと偽って嘘の儀式をさせる必要もなかったのに」

そのことだけが疑問だった。里佳は一瞬、虚を突かれた顔になると、ぐったりと疲弊したように乱れた髪をかき上げた。

「そっちに外道を憑かせることが、どうしてもできなかったの。あんたを守る白い影が、ずっと張りついていたから」

忌々《いまいま》しげに吐き捨てたその言葉に、私は子供の頃に祖母が語ってくれたことを思い出した。枕元に見た少女の影――。

白い影なら、悪いものではない。それは私を守る、神様のようなものだと。

もうこれ以上、彼女に用はなかった。立ち上がり、里佳に背を向けると会計を済ませ、カフェをあとにする。それからすぐに篤史に電話をした。

「奏の熱、嘘みたいに下がったよ。今、一緒に戦隊もののＤＶＤを観てる」

篤史の喜びに満ちた声の向こうで、必殺技の名前を叫ぶ奏の元気な声が聞こえた。全身から力が抜けるほど安堵しながら、スマートフォンを握りしめる。

三年も前に辞めた元職員に、防犯カメラの録画データを渡してくれるはずもない。

だが里佳に「見られた」と思い込ませることができれば、彼女は影に喰われる。私にとっても、あれは一種の賭《か》けだった。

篤史から奏の様子を聞き取ったあと、夕飯はデパートのお惣菜で済ませようかと相談する。疲れてるだろうからそうしようと、すぐに同意してくれた。

「今日は急に会社を休んでもらってありがとう。おかげで助かったよ」

素直に心からの感謝とねぎらいを伝え、通話を切った。早く二人に会いたかった。羊雲を浮かべた、高く澄んだ空を見上げて目を細める。秋の空気を吸い込むと、帰り道の方向へ歩き出した。

ぽかぽかと背中が温かいのは、西日のせいだけではないように思えた。

解　説

杉江松恋

闇《やみ》の中からその手が彫り出すは、仏か、鬼か。

『血腐《ちぐさ》れ』は、短篇小説の新たな名手として嘱望される、矢樹純の最新作品集だ。

物語を創るという行為は、仏師のそれによく似ている。一木彫りの仏像は、初め素材となる丸太の中に隠れている。仏師は木を彫り、削り出して、中におわす存在に形を与えるのである。鑿《のみ》を振るわない限り仏が現れることはない。同じように、作家が文章を記さなければ物語も生まれないのである。

初めは茫洋《ぼうよう》としたものがあるだけである。それに言葉で輪郭を与え、言葉で動きを加えて、人間たちのドラマを彫り出していく。私が矢樹を巧《たく》みだと感じるのは、曖昧《あいまい》模糊《もこ》とした原初の雰囲気が完成した作品に残っている点だ。初めに何もわからない不安な状態があり、人が喋《しゃべ》り、事態が動くことで闇が晴れて、理解可能な物語になっていく。しかし矢樹作品は、すべてが明るみに出されたその後でさえ、物語のどこかに暗がりが残る。漂う不安が、物語が世界の暗部から生み出されたものであることを示すのである。

全六篇を収めた『血腐れ』は、矢樹が新境地を開いた一冊である。ただならぬ不穏さ。全作に共通する特徴を一口で言い表すなら、そういう表現がふさわしいのではないか。

巻頭の「魂疫《たまえやみ》」の語り手である芳枝《よしえ》は、人生の半分以上をともに過ごしてきた夫にがんのため先立たれ、気力を失ってしまっている。その彼女にとって最も近い存在となるのが、夫の妹である勝子《かつこ》だ。もともと勝子には他人に眉《まゆ》を顰《ひそ》めさせるがさつさがあったが、最近になって奇妙なことを言い出した。亡《な》き夫の霊を見るようになったというのである。芳枝は勝子が認知症なのではないかと疑う。

勝子の語る霊は、何かを訴えかけるかのように動くのだという。妹の唇に指で触れるという奇妙な動きを繰り返していた。妄想の世界が現実を侵食してくる。しかも具体的に、身体への作用を伴う現象としてそれが現れるというのが本書収録作の共通項である。

二篇目が表題作で、〈私〉こと幸菜《ゆきな》の記憶を巡る物語だ。幸菜は子供のころ、晴香《はるか》という少女に嫌がらせを受けていた時期があった。実家から車で三十分ほどの距離のところに、縁切り神社として知られる場所があり、幸菜はそこに晴香との別れを祈ったことがある。縁切りの秘儀には、遠ざけたいと願う相手の血液が必要となるのである。血を巡る過去の記憶が現在に滲出《しんしゅつ》して、大人になった幸菜の視界に赤黒い染《し》みを作っていく。

大別するならば、ホラーに分類される短篇集だと言えるだろう。矢樹が注目されるきっかけとなった作品は、二〇一九年に祥伝社から文庫形式で刊行された短篇集『夫の骨』だった。原型は二〇一六年に電子書籍の Kindle で個人出版した『かけがえのないあなた』で、表題作など四篇の書き下ろしを加えて祥伝社文庫版となった。表題作の「夫の骨」で第七十三回日本推理作家協会賞短編部門を受賞している。短篇集としての『夫の骨』の美点は、人の心が多面性を持っていることをさまざまな角度から書いたことである。転がしたさいころは、動きを止めるまでどの目が出るかわからない。それと同じで、二転三転する物語はまったく予断を許さないものとなり、一話ごとに新鮮な驚きを読者に与えてくれたのである。

矢樹は漫画原作者として執筆活動を始めた書き手で、小説家としてのデビュー作は『Sのための覚え書き　かごめ荘連続殺人事件』（二〇一二年。宝島社文庫）で、第十回『このミステリーがすごい！』大賞の隠し玉として出版された。その後模索期があり、前述の『夫の骨』が転換点となる。第二短篇集『妻は忘れない』(二〇二〇年。新潮文庫)で前作で高まった読者の期待に応《こた》え、短篇ミステリーというジャンルに新風を吹き込む書き手として認識されるようになった。以降現在まで着実に成長を遂げてきており、母の視点を効果的に用いた『マザー・マーダー』(二〇二一年。光文社)や特異な能力の持ち主を主人公に配した法廷ミステリー『不知火《しらぬい》判事の比類なき被告人質問』(二〇二二年。双葉社)などの連作短篇集、『残星《ざんせい》を抱《だ》く』(二〇二二年。祥伝社)、『幸せの国殺人事件』(二〇二三年。ポプラ社)などの長篇と、良質の作品を世に送り出し続けている。どれを手に取っても外れはない。

先ほど、ジャンルとしてはホラーに含まれると書いたが、もちろん本書にはミステリー作家・矢樹純の技巧がたっぷりと詰め込まれている。ホラーとミステリーの魅力を融合させたという点が作家の新たな挑戦なのである。

前述したように、現実の侵食という共通項が各篇にはあるが、それは核にあたる部分だ。それを取り囲んで物語を形作る骨格は各話ごとに異なっており、読者を驚かせる仕掛けも違うものが用いられている。その構造はミステリーのものなのだ。単に二つを組み合わせるだけではなく、二ジャンルの魅力が最大限に発揮されるように配慮されており、それぞれがまったく違った顔つきの物語になっている。短篇の名手と呼ぶにふさわしい多彩さなので、以下ネタばらしにならないように注意しながら用いられている技巧について解説してみたい。もちろん、列挙の順番も短篇の収録順とは異なる。

まず、ミステリーにおいては登場人物に対する第一印象はあまり信用できないという前提がある。各人がまだ限られた一面しか見せていない上に、誰にも言えない秘密を抱えていて故意に嘘《うそ》を吐《つ》く可能性があるからだ。それが次第に暴《あば》かれていき、人物の全体像が見えてくる過程が、ミステリーにおけるドラマ展開の要《かなめ》なのである。本書においても作者は、読者にあえて先入観を抱かせる形で登場人物を描き、後にそれをひっくり返してみせるという技巧を用いている。語り手が怪異に巻き込まれ恐怖のただなかにいる物語においては、この逆転が生死を分けることにもなりうる。人物の見極めが重要になるのだ（一）。

ミステリーにはフェアプレイという原則がある。作品世界で起きたことは基本的にすべて読者に伝えられるが、そこに虚偽が含まれることは認められないのである。ただし、どんな性能のいいカメラであっても故障し、画像にノイズが入ってしまうことはありうる。ノイズはアンフェアではないのだ。人間の眼をカメラとして用いる小説では、叙述に歪《ゆが》みがいつ入ってくるかわからない。まさかというタイミングで作者はカメラに不具合を起こさせ、読者を欺《あざむ》くことだろう（二）。視点人物は、読者の代理者でもある。彼らの感情を読者は我が物として共有するので、同情を寄せることになる。視点設置にはいろいろなやり方があるが、本書の収録作はすべて一人称である。この叙述方式では、視点人物の心情は読者に筒抜けになる。しかし実はすべてが見えているわけではない。視点には死角があるので、そこにどろりと濁ったものが隠されていることもあるのだ。そうした隠蔽物《いんぺいぶつ》を突然明るみに晒《さら》すことで、視点人物は読者を裏切る。これは難度の高い技巧で、作中人物を立体的に描くことができる書き手でなければ使いこなすことは難しいはずだ（三）。

手がかりの呈示も、ミステリーの大事な技巧の一つである。読者はそれを拾い集めて推理を行うので、手がかりは文章の中でもわかりやすいところに置かれていることが望ましい。ただし、真相を構成する重要な部品であると初めからわかってしまっては意味がないので、作者は偽装した形でそれを置くはずである。たとえば関係ない脇筋《わきすじ》につながるものであるように見せたり、恐怖を感じさせるための虚仮威《こけおど》しであるように思わせたりして。感情を揺さぶるホラーとミステリーは、この技巧を用いる上で非常に嚙《か》み合わせがいい（四）。もう一つ、ミステリーによく用いられる技巧にミスリードがある。あることが起きているように思わせ、興味を持たせるというものだ。

その結果、読者の胸中には怒りや悲しみといった激しい感情が湧《わ》き起こる場合もあるだろう。そうした方に意識を向けておいて、別の解釈があることを示す。感覚の中断というべき間がそこには生じるはずだ。作者はその空隙《くうげき》に奇妙なものを差し込んで読者を驚かす。実に心臓に悪い不意打ちではないか（五）。

さらにもう一つ。サスペンスの感覚も重要である。サスペンスとはサスペンド、つまり物事が宙吊《づ》りにされている状態から生じる感情だ。何が起きているかわからないことは、人を不安にさせる要因なのである。そこに作者は、もう一手数を加えている。本書においては物語は、わかってからのほうが怖いのである。わからないから怖いのに、わかってからのほうがなお怖い。物語の中で何が起きているかが明かされると、人智を超えたものの存在や、生理感覚や日常の理屈に合わないものが読者には見えてしまう。そこから生じる恐怖からは、逃れるすべがない。わかってしまったものを、知る前に戻すことは不可能だからだ。取返しのつかなさ、喪失の感覚を作者は巧みに利用している（六）。

以上で六つ。そのどれかか、あるいは複数が各篇では用いられている。技の多彩さには感嘆するばかりだ。先ほど最初の二篇に言及したが、介護の問題を軸に家族のしがらみが描かれる「骨煤《ほねずす》」、日常があるものによって次第に狂わされていくという

「爪穢《つめけが》し」、都市伝説探査の話と見えたものが次第に変貌《へんぼう》していく「声失《こわう》せ」、我が子が正体不明の病魔に襲われるという狂おしい恐怖の物語「影祓《かげはら》え」と、粒よりの短篇が揃《そろ》っている。

ぜひお楽しみいただきたい。本文より先にこちらを読んだ方は、読み終えた後でもう一度この解説に目を通して、作者の企図にも思いを馳《は》せてくだされば幸いである。どれほど周到な書き手であるかがよくわかるはずだ。読者を怖がらせること、驚かせること、つまりは楽しませるためには苦労を惜しまない。矢樹純はそういう誠実な作家なのである。闇から削り出された物語の、あまりの黒さに慄《おのの》き、魅了される。その中にあるのは仏か、鬼か、あるいは人の心か。

（二〇二四年八月、書評家）

本書は文庫オリジナル短編集です。

初出一覧

「魂　疫」　「小説新潮」二〇二一年八月号
「血腐れ」　「小説新潮」二〇二二年八月号
「骨　煤」　「小説新潮」二〇二二年十二月号
「爪穢し」　「小説新潮」二〇二三年五月号
「声失せ」　「小説新潮」二〇二三年八月号
「影祓え」　「小説新潮」二〇二四年一月号・二月号

矢樹　純　著
妻は忘れない

私はいずれ、夫に殺されるかもしれない。配偶者、息子、姉。家族が抱える秘密が白日のもとにさらされるとき。オリジナル・ミステリ集。

朝井リョウ著
正　欲
柴田錬三郎賞受賞

ある死をきっかけに重なり始める人生。だがその繋がりは、〝多様性を尊重する時代〟にとって不都合なものだった。気迫の長編小説。

彩瀬まる著
あのひとは蜘蛛を潰せない

28歳。恋をし、実家を出た。母の〝正しさ〟からも、離れたい。「かわいそう」を抱えて生きる人々の、狡さも弱さも余さず描く物語。

朱野帰子著
わたし、定時で帰ります。

絶対に定時で帰ると心に決めた会社員が、部下を潰すブラック上司に反旗を翻す！　働き方に悩むすべての人に捧げる痛快お仕事小説。

伊坂幸太郎著
ゴールデンスランバー
山本周五郎賞受賞
本屋大賞受賞

俺は犯人じゃない！　首相暗殺の濡れ衣をきせられ、巨大な陰謀に包囲された男。必死の逃走。スリル炸裂超弩級エンタテインメント。

石田　千　著
あめりかむら

わだかまりを抱えたまま別れた友への哀惜が胸を打つ表題作「あめりかむら」ほか、様々な心の機微を美しく掬い上げる5編の小説集。

伊与原 新著　八月の銀の雪

科学の確かな事実が人を救う物語。二〇二一年本屋大賞ノミネート、直木賞候補、山本周五郎賞候補。本好きが支持してやまない傑作！

小野不由美著　屍鬼（一〜五）

「村は死によって包囲されている」。一人、また一人、相次ぐ葬送。殺人か、疫病か、それとも……。超弩級の恐怖が音もなく忍び寄る。

恩田 陸 著　六番目の小夜子

ツムラサヨコ。奇妙なゲームが受け継がれる高校に、謎めいた生徒が転校してきた。青春のきらめきを放つ、伝説のモダン・ホラー。

荻原 浩 著　噂

女子高生の口コミを利用した、香水の販売戦略のはずだった。だが、流された噂が現実となり、足首のない少女の遺体が発見された――。

奥田英朗著　噂の女

男たちを虜にすることで、欲望の階段を登ってゆく〝毒婦〟ミユキ。ユーモラス&ダークなノンストップ・エンタテインメント！

角田光代著　笹の舟で海をわたる

不思議な再会をした昔の疎開仲間は、義妹となり時代の寵児となった。その眩さに平凡な主婦の心は揺れる。戦後日本を捉えた感動作。

金原ひとみ著

アンソーシャル ディスタンス

谷崎潤一郎賞受賞

整形、不倫、アルコール、激辛料理……。絶望の果てに掴んだ「希望」に縋り、疾走する女性たちの人生を描く、鮮烈な短編集。

川上未映子著

ウィステリアと三人の女たち

大きな藤の木と壊されつつある家。私はそこに暮らした老女の生を体験する。研ぎ澄まされた言葉で紡ぐ美しく啓示的な四つの物語。

加納朋子著

カーテンコール！

閉校する私立女子大で落ちこぼれたちを救済するべく特別合宿が始まった！　不器用な女の子たちの成長に励まされる青春連作短編集。

桐野夏生著

残虐記

柴田錬三郎賞受賞

自分は二十五年前の少女誘拐監禁事件の被害者だという手記を残し、作家が消えた。折り重なった虚実と強烈な欲望を描き切った傑作。

窪　美澄著

トリニティ

織田作之助賞受賞

ライターの登紀子、イラストレーターの妙子、専業主婦の鈴子。三者三様の女たちの愛と苦悩、そして受けつがれる希望を描く長編小説。

桜木紫乃著

ふたりぐらし

四十歳の夫と、三十五歳の妻。将来の見えない生活を重ね、夫婦が夫婦になっていく――。夫と妻の視点を交互に綴る、連作短編集。

血《ち》腐《ぐさ》れ

新潮文庫　や－83－2

令和六年十一月一日発行

著者　矢《や》樹《ぎ》純《じゅん》

発行者　佐藤隆信

発行所　株式会社新潮社

郵便番号　一六二―八七一一
東京都新宿区矢来町七一
電話　編集部(〇三)三二六六―五四四〇
　　　読者係(〇三)三二六六―五一一一
https://www.shinchosha.co.jp

価格はカバーに表示してあります。

乱丁・落丁本は、ご面倒ですが小社読者係宛ご送付ください。送料小社負担にてお取替えいたします。

印刷・大日本印刷株式会社　製本・加藤製本株式会社

ISBN978-4-10-102382-3　C0193